Die Geschichte, die vom Stift erzählte

1. Auflage April 2017

© Nataly Ritzel, Freiburg im Breisgau 2017
Alle Rechte vorbehalten

Alle Texte © Nataly Ritzel, Freiburg, Germany
www.nataly-ritzel.de
Satz & Layout: Chris Langohr Design
www.chrislangohr-design.de

All rights reserved. No portion of this book may be
reproduced in any form without the written permission of the Publisher.

Herstellung und Verlag: BoD - Books on Demand, Norderstedt.

ISBN 978-3-7431-9017-7

Die Geschichte des Stiftes

Den ein Mann mir im Jahr 1999 schenkte, als er mir nicht von den bevorstehenden Ereignissen im Jahr nine eleven berichten wollte.

Kein Aleph, aber ein Atemzug.
Ein Atemzug, ein tiefes zitterndes Bedauern.

Mit dem er mir das hölzerne aber sehr elegante, einfache Füller-etui als Geschenk hingehalten hatte.
Albern nicht, die Aufzählung.
Das feine Holz war ganz offensichtlich nicht so viel wert wie ein bescheidenes fernnahöstlich wirkendes silbernes Zigarettenetui, aber es verriet die Mühe, die sich der Mann gegeben hatte beim Aussuchen. Vielleicht war es soviel wert wie ein Bier gewesen..
Und das mit dem Bier war wichtig.
Auch als B.
Als braunes und golden schäumendes Ding. In der Bar in Bologna.
6. Januar 1999. Gegen 10 Uhr 30.

Am sechsten Januar in Bologna war es sehr kalt.
Überhaupt schien mir Bologna – um sechs Uhr dreißig einer der kältesten Hotspots überhaupt Italiens.
Um sechs Uhr war ich angekommen. Eventuell auch 05:52 mit dem Nachtzug aus Berlin, über die Alpen.....

Aufwärtsgebogen wie eine wirre Haarlocke.
Der Fotograf hatte nichts gesagt in dem Moment. Im Gegenteil. Keck, hatte er gesagt und drückte dann auf den Auslöser. Adrett sollte es sein, avenant, aber nicht zu viel versprechend, ein nettes

einfaches Bild darum hatte der damals noch junge Mann jahrelang gebetet...auch ein Beginnen...im zweiten Anlauf...denn schließlich hatten wir uns bei mehreren Treffen in Paris und in Rom verpasst...er schien vergessen zu haben, wie ich nun genau aussah. Das kann vorkommen, wenn man sich nur ein einziges Mal sieht und danach nur noch Briefe tauscht, oder telephoniert. Etliche weitere Rendez-vous waren aus unerfindlichen Gründen nicht zustande gekommen.
Schließlich vermutete ich, er sei gar nicht in dem Land, in dem er zu arbeiten vorgab. Das Treffen in Barbès-Rochechouart nichts weniger als gerade neben an. Mühsam und zeitraubend der Weg nach Anvers, Metrostation, sonst so einfach für jeden dahergelaufenen Touristen. Selbst die rue Myhrra, die Moschee und all die anderen dunklen verwirrenden Läden in den noch verworreneren Gässchen der sogenannten Goutte d'Or im 18. Arrondissement schienen mehr als einen transzendentalen Katzensprung entfernt zu sein. Das kleine Café zwischen 17h und 19h irgendwo zwischen der rue de Dunkerque und der rue Clignancourt. Damit er es nach der Arbeit dahin schaffe, hatte er angedeutet. Aber mir hatten die Leute nicht gepasst, die drumrum standen, die um meinen Tisch herumsaßen.
Wie beschreibe ich annähernd den Zeitpunkt an einem Ort, der nach dem russischen Wort „büstreje" schneller benannt worden ist? Wie das Warten? Das windzerzauste Haar in den Spiegeln, den verscharrten Raumecken ordnend, die größere Tiefe, weitere Räume vorspiegeln sollen? Und je länger ich mir Cafe und Wein ansehe, während ich auf jemanden warte, der weder Wein noch Kaffee trinkt, desto mehr gehen mir die jungen Männer gegen den Strich, die die Tische um mich herum besetzt halten. So gleichgültig und gelangweilt, als würden Schwule auf den Porno warten, dessen Projektion durch die Anwesenheit Minderjähriger, noch dazu von Mädchen nach hinten verschoben wurde. Kurz: ein verbissener Moment der Aversion, der durch Desinteresse verdeckt wird.
Was ist der genaue Treffpunkt, wenn einer in Mailand am Bahnhof wartet und der andere in Rom termini? Was, wenn das Café bei

Barbès legèremment anders heisst?
Dann schauen Sie sich die Leute an, die drumrum sitzen.
Es gibt Leute deren Fressen stinken. Und dies schreibe ich hin,
auch auf die Gefahr hin, dass mir der Computer wieder abstürzt.

Zuhause fiel die Tür hinter mir und meinem wütenden Schnauben ins Schloss.
Im Raum daneben war das BiepBiep des Anrufbeantworters zu hören.

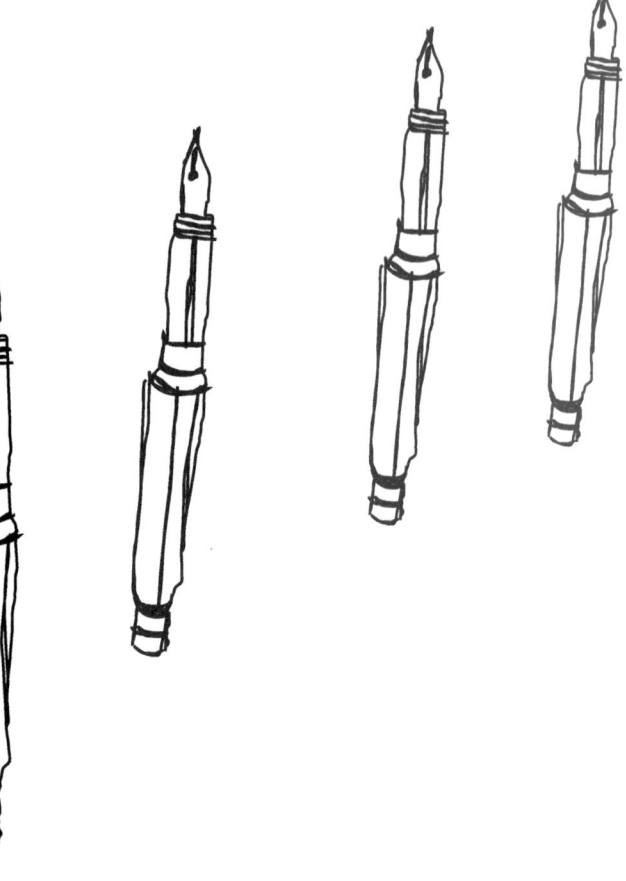

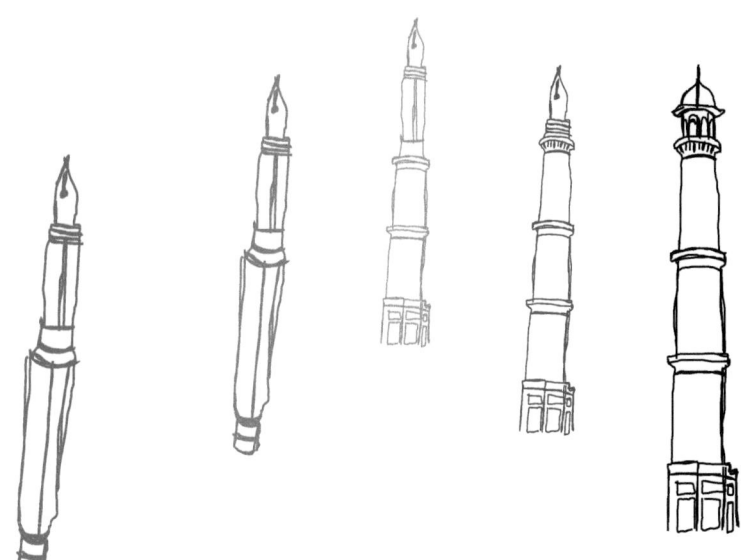

Er wolle mich einladen.
Offenbar war er schon eine Weile hinter mir hergegangen.
Doch meine Gedanken waren so dicht und das Gestrüpp ihrer Schlussfolgerungen so verfilzt, dass ich ihn erst bemerkte, als er mich ansprach.
Auf einen Kaffee – oder irgendwas anderes....
Wir standen vermutlich weithin sichtbar auf Festungswällen, wie auf einer Postkarte sehe ich mich von hinten oben, zögernd...
Halbschlafend im Gestrüpp verfangen meiner Gedanken, ich bin dann so verdammt unspontan, geht garnicht. Einen Kopf über mir, krumm, die spöttische Frage.
Ich kann mich kaum mehr an sein Gesicht erinnern, nur an einfache, zerschlissene Kleidung, von und für einen, der nicht viel Geld hat. Eindeutig zu jung.
Ein lachendes, aufgeregtes Bübchen.

Warum soll ein Kind, das noch kein A schreiben kann, schon lernen, wie man ein B schreibt? Fragt ein Koranlehrer den enttäuschten Vater in irgendeiner dämlichen Koranschulanekdote, die mir hier den Sinn des Beginnens verdirbt.

Es ist diese Anlaut-Geschichte.
Nicht mehr e Hauch und doch schon.
So zog ich mein H wieder ein und wieder aus, auf dem Vorplatz, der tiefverschlafend in strengster katholischer Feiertagsruhe vor mir lag.
Es war arschkalt in Bologna.
Ich hatte vergessen, rechtzeitig, vor der Fahrt Geld umzutauschen.
Und eine Unterkunft hatte ich auch nicht, würde ich aber finden, da vertraute ich meinem Stern, den zu finden auch nicht schwer gewesen wäre, würde Bologna nicht in einem Hochnebelloch liegen, wie sich mehrere Stunden später herausstellte.
Kurzerhand ging ich einfach gerade aus los, darauf vertrauend, dass ich in einigen Stunden gewärmt dort ankommen würde, wo ich laut Vereinbarung ankommen sollte.
Schliesslich sind selbst fremde Städte nach logischen erfassbaren Prinzipien aufgebaut, die es einem Ortsfremden, der die Spra-

che nicht kennt, ermöglicht, relativ schnell die Lebensadern des Stadtzentrums zu finden.
Allerdings ist das ziemlich egal, wenn man um sechs Uhr morgens bei minus sechs oder sieben Grad an einem hohen Feiertag durch die Altstadt von Bologna trödelt. Oder hastig durchrennt, auf der Suche nach einem Hotel, schnell und eckig, wie jemand, den es sonst zu sehr friert. Eckig, wie jemand, der müde ist, schlecht ausgeschlafen, steif und unbeholfen nach langer Fahrt. Die Zeit vergeht nicht. Die Zeit steht still. Die Juwelierläden sind gut gesichert, die Schaufensterauslagen nachweihnachtlich leer und bescheiden aber strahlend hell erleuchtet, so dass sich das Verweilen nur der Leere halber schickt. Die strahlende Helle in steinernen Kolonnaden vermittelt den Eindruck satter, erfolgsverwöhnter Bescheidenheit, die sich der Contemplation des Flaneurs nur deshalb anbietet, weil sich beide zufällig am zentralsten Ort der Stadt befinden...Ob die Rolex oder Omega oder Cartier Uhr nun nur deshalb nicht mehr an ihrem Schaufensterplatz weilte, weil man sie vorsichtshalber in den Safe verfrachtet hatte, oder ob aus anderen Gründen, war nebensächlich.
Was sagt auch die An- oder Abwesenheit einer Uhr in den marmornen Kolonnaden einer von Feiertagsruhe gelähmten Stadt aus? Der sechste Januar, der Tag der Ankunft der drei heiligen Könige aus dem Morgenland ist ein zutiefst religiöser Feiertag in Bologna, wie ich zu meinem Bedauern feststellen musste. Kaffee um Sieben schien jedenfalls nicht zu den Dingen zu gehören, die eine tiefreligiöse Hospitalité Gastfreundschaft um sieben Uhr anbietet. Balthasar und Kaspar und Melchior... und der Mohr? Nein? Waren einen langen Weg gegangen, um Geschenke zu überbringen. Sie hatten sich wahrscheinlich nicht die Auslagen in Sanâa oder Jerusalem angeguckt, um noch schnell was NEUES mitzunehmen, bloß weil B oder C oder M unterwegs was kaputt gemacht hatten. Als meine Füße anfingen zu schmerzen, hielt ich wieder nach einer billigen Absteige Ausschau. Die findet man natürlich NICHT in der Stadtmitte. Gewöhnlich sind die hintern Bahnhof zu finden. Aus irgendeinem Grund lief ich aber in die andere Richtung. Sah aus wie die Gegend der Kesselflicker.

Irgendwann gegen acht oder neun Uhr war ich in der
Basilika ....angekommen;
Noch nicht viel los, nur unendlich viele leere Stühle.
Stühle, nicht Gebetsbänke verstellen meine Erinnerung. Fast wars
als kämen sie aus einer absurden Theaterinszenierung, da alle die
noch nicht Wartenden, noch Schlafenden auf ihren geisterhaft
leeren Stühlen saßen.
Und eine gigantische Predigtkanzel.

Vielleicht hatten die zwei Stunden Spaziergang in eisiger Luft nach einer schlecht durchschlafenen Nacht in einem Sitzabteil meine Sinne leicht verschoben –
Bei mir ist das andauernd der Fall, selbst meine engsten Freunde würden mir kein Hasch anbieten, oder irgendein anderes Dope aus Angst, ich gerate gänzlich außer Kontrolle,
Aber diese fettbäuchige Kanzel, deren offenes Maul Ihres Predigers harrte, schien mir – ganz in niederländischer Manier ein unförmiges Karpfenmaul auf Stelzen über dem Stühlemeer lauernd, ganz die Kreatur der giftigen Dünste von Weihrauch und Mutterkorn - voller kleiner schwarzer Blasen, die sich zu dicklichen pelzigen Matronen aufplustern, schwarzen rundbäuchigen Signoras.
Eine von ihnen – heruntergeplumpst – oder sachte vom kalten Windzug, der in dieser kalten Basilika herrschte, in eine Ecke geweht, zögernd, trudelnd, angezogen von dem kleinen Ort, an dem herzenswarme Kerzenluft langsam, stetig, vergehend strahlte.
Es schien mir, das kleine Bläschen Signora hätte sich dort zweigeteilt und festgeklammert, schließlich braucht ein altes Fräulein auch ein bisschen Wärme, an der sie herumhantieren darf nach Belieben, und ein Mann hätte sich dazugesellt, während ich noch schockiert die niederländische Scheußlichkeit von Stühlemeer und Walfisch betrachtete, aus der die Leere weiter schwarz blubberte.
Vielleicht schienen mir auch die Colonnaden urplötzlich erfüllt von nun erwachten, trägen Massen, Paaren, Dreiergruppen, die sich festtäglich und ernst gewandet , langsam, LANGSAM nach vorne schoben und schließlich begannen, draußen durch die Colonnaden zu rollen, begleitet von ihren schwarz gekleideten dicklichen Signori, pummelig, drall wie schwarze Luftballons
zwischen Knie und Kniehöhe von der eigenen Drallheit gehalten hüpfend, doch ihr Gewicht, die kalte Luft und die eisigen Atemwinde verhinderten wohl, dass sie über Bauchnabel und die Bauchnabelhöhe von einmeterzehn hinaussprangen, so trudelten sie streng geradeaus durch das Geschäftsviertel. Ihr verächtlich verzogener, verächtlich fröhlicher Mund
blies kaum sichtbare Luftbläschen an die steinernen Aquariumswände, la Bourgeoisie elle-même, erwacht zeigt kaum mehr als

glotzende Herablassung angesichts der gähnend leeren
Glasvitrinen, in der bedeutungsloser Schmuck auf garnichts wartete.
Kinder, in dicklichem Winterpelz, natürlich schwarz, schienen
tiefgebeugt, mit gesenkten Köpfen, auf Dinge zu starren, die sie von
den Weihnachtsgaben in ihre Hosentaschen, schwarz in schwarz,
gerettet haben mochten. Haarbüschel voll
Algengras, dahinter trügerisches Funkeln.
Ich schob mich mühsam in die andere Richtung, gehe ich sonst
auch gerne mit dem Strom der Masse, lasse mich drin treiben und
versuche, so unauffällig eins zu werden mit dem Strom –
Die alte Geschichte von Passanten, dem Hauch von Biografien,
Menschenkino in einem BlinzelnMundwinkelzucken, symphonisches Orchestra und Punkband, die in Blitzeseile an mir vorbeiließen, so dass ich oft die Schnelligkeit des Fließens überschätze
und mich mir nichts dir nichts allein auf dem Trockenen finde...
In irgendeiner schäbigen Gasse, in die kein vernünftiger Mensch
einen Fuß setzen würde

Bait....
e.. irgendwas wie ein e...

Paradiso....hieß die Herberge, die ich unerwartet gefunden hatte. Dass ich überhaupt den Weg zurückfinden würde, war mir zweifelhaft, so tief verborgen in einer ewiglangen gewunden Altstadtgasse schien sie – linker Hand – zu liegen, das Entree der Rezeption spartanisch sauber – und zu meiner Überraschung auch die Zimmer, kalt leer, bis auf das Bett und eine Art Nachttisch, sonst nur Stein und Mauern. Klosterzellenhaft.
Wie ich da kurz auf dem Bett saß.. todmüde, plötzlich, und wenn ich den Rückweg in die Stadt und wieder zurück in dieses Zimmer je schaffen würde, verlockend, einen kleinen Vormittagsschlaf einzulegen.
Wenn ich alles anbehielte, außer meinen Schuhen selbstverständlich, wäre die Kälte nicht so unerträglich – und ich könnte mich mit mir selbst und meinen Körperkleiderschichten wärmen.
Doch haben Putzfrauen in Bologna, die keinen Feiertag haben dürfen – und die morgens zwischen neun und zehn Gastzimmer reinigen müssen, die Klosterzellen gleichen, zumindest das Privi-

leg, sich über Staubsaugerlärm und Waschmaschinen hinweg von einem Zimmer zum anderen kreischend zu unterhalten.
Auch ein Paradies braucht schwere Maschinen und lebhaft keifende Arbeiter, um es in Betrieb, und durch den Durchgangsbetrieb hindurch, makellos sauber und rein zu erhalten.

Hamza.

Das Gesicht in Erinnerung zu behalten war schwierig gewesen. Nach dieser einzigen, kurzen Begegnung.
Ein ausgesprochen junger Mann, der dennoch grösser war als ich (nicht schwer) aber sich schlechter hielt, gebogener – als ich mit meinem naiven Gesicht und meiner naiven abwesenden Art, in die Welt zu schauen – kurz krumm war er und dafür – als wüsste er es schon und hätte sich zwei drei Gedanken darüber gemacht, als Entschuldigung dafür gab er jeweils verschiedene Erklärungen ab. Immerhin, dachte ich, naiv, war ihm mein Blick aufgefallen, schließlich guck ich mir junge Männer an, wenn ich merke, dass

sie hinter mir herlaufen und dann zu lachen beginnen – einmal waren die schweren Bäckerkörbe daran schuld gewesen, die er in Libyen schleppen musste, dann der harte Küchenboden in Ägypten, bei dem Mann, der ihm den Pass weggenommen hatte und ihn schlechtes hallal Zeug hatte verkaufen lassen, schließlich die tonnenschweren Zementsäcke, die er den Maurern in Bologna hinterherschleifen musste –
unter all den Worten ragte LAHORE heraus, die blumenreiche, aber mir entfiel vor seinen weichen tiefen Augen, als er das sagte „Blumenreiche" das, was er dort gemacht hatte.
Er hatte es an diesem späten Vormittag in einem deutschen Städtchen voller Festungsmauern und schiefen Fachwerkhäuschen fertig gebracht, mich in eine leere italienische Eisdiele einzuladen...
Dort saß ich dann unter den spöttischen Blicken von Kellner und Zufallsgast, der mit dem Kellner per Du war, mit meinem Tässchen, während mein Gastgeber „à jeune" blieb, ich hatte vergessen, dass Ramadan war, wie er mir leicht spöttisch lächelnd zu verstehen gab.
Es war ziemlich klar, was sie von der „Einladung" hielten, die beiden am Tresen, da sie andauernd lachend herüber sahen, cremefarben weiß waren auch nur die gemalten Sahnehäubchen auf den schräg über die Wände tanzenden Eisbechern, die bunten Trinkhalme, in Capri Bella Italia – war der Sinn doch gewesen, mich nach Name und weiteren Details zu fragen, aber vorallem danach, wie es denn die Leute hier hielten, mit dem Fasten und ob sie sowas kennen würden wie die große Fastenzeit.

-         Schräg der Zufallsgast, der zwischen Tischen und Tresen herumtanzte, schräg, um Aufmerksamkeit und Ungeschicklichkeit miteinander zu vereinen.
-         Schräg der junge Mann mir gegenüber, der weit abgeschoben vom Tisch saß, ganz Gastgeber der seine Enthaltsamkeit inszenierte.

Nun, soviel kann ich am Vorabend nicht getrunken haben, dass der

Kater mir meine Tasse Kaffee stiehlt und was ich übers Mittelalter noch weiß, wenn meine scholastische Gelehrsamkeit auch nicht weit ins Mittelalter hinein zurückreicht.
Spöttisch in das laute Gelächter der jungen Männer hinter und vor dem Tresen lachte ich auf und vermutlich – genau weiß ich es nicht, soviel hat der Kater meine Erinnerung genommen, vermutlich lud ich mein Gegenüber ein, mit mir zusammen das Ulmer Münster zu besuchen.
Schließlich wird er nicht von selber darauf gekommen sein.
Denn sonst hätten wir uns kratzfüßig das Kaffeetrinken sparen und gleich ins Münster marschieren können. Lachen Sie nicht, mich haben schon ganz andere junge Männer in Kirchen geschickt, wie damals als...
Ganz der Osterspaziergang – andererseits hatten wir ja auch nicht viel zu tun, zu erzählen noch zu trinken in der Eisdiele – und ich wollte nicht unhöflich sein und einen zweiten Kaffee verlangen. Nur zum Wachwerden. Versteht sich.

Die Büchse Cola, mit der ich versuchte, meiner klammen Übermüdung Herr zu werden an jenem frühen Morgen auf meinem frischbezogenen Herbergsbett sitzend – während draussen die Signoras kreischten, keiften,
und mich an jedem Versuch hinderten, sacht die Augen zu schliessen – nach den drei Stunden Marsch durch ein eiskaltes Bologna, das zum sonntäglichen Dreikönigstag erwacht, wäre ein sachtes Wegdämmern erwünscht –
Im Schlaf einer Stadt sich an ein Gesicht zu erinnern, das man kurz einmal gesehen hat und ohne die Möglichkeit, sich eine

kleine Weile hinzulegen, und die Erinnerung mit einem kurzen
Schlaf träumend einzuholen -
stand ich also wieder auf.
Am liebsten hätte ich die Cola übers Bett geleert, es mit seiner
zuckersüssen Masse geteert, aber das bewerkstelligte dann meine
übermüdetete Schussligkeit – ein übellauniger Trotz ergoss
den braunen See, deutsch eben, auf marmornen Fliesen.
Ich war mir nicht sicher, ob ich nicht in Kürze wieder am Bahnhof
stehen würde –
Was ging mich Bologna an, am Dreikönigstag, dann könnte ich,
nach einer wilden Jagd über die Alpen wenigstens diesen Abend
in einem mir näherverwandten Bett schlafen. Tief schlafen.

Dass es auch die Stadt der Türme war
Und Dante
und Antaeus
holzbrückenhaft den einen mit dem anderen
verbunden, wusste ich nicht, hätte mich auch nicht interessiert,
selbst wenn es Türme gewesen wären, die aus einem Stadtinferno
hinauf ins Fegefeuer gereicht hätten.
Eine Stadt mit hunderten von Türmen....welch stattliches Bild.

Vielleicht muss man als Zuschauer oder Leser solcher Türme selbst in einer mittelalterlichen Stadt gross geworden sein, im Schatten von Schutzwall und Wachgang Fangen gespielt haben auf dem Schulhof, mit der bangen Unsicherheit und mit dem drückenden Vorgefühl auf den nächsten Einsatz des cholerischen rotköpfigen Schullehrers, der kleine Türkenjungs zur Rechenschaft zieht – um zu verstehen, wie bedrückend und grotesk die Vorstellung einer mittelalterlichen Stadt voller Türme ist.
Aber, so sagt die Forschung, man weiss nicht genau, warum die alten Bolognesen diese Türme bauten...
Hochmut und Arroganz waren jedenfalls nicht die Triebfedern des wissenschaftlichen Forschens gewesen

Termini
Perron.
12 Uhr.
Im Jahr davor.
Außer unangenehmen Typen, den ostentatoire Zeitungslesenden älteren Herren, den dicklichen nichtstuenden Schmerbäuchen...
Abgesehen von den nordafrikanischen Mauerstehern war „Nur ich" beim Warten zu sehen.
Sie möchten wissen, wie „ICH" aussieht?
Warum?
Geht Sie das was an?
Um sich die Szene zu vergegenwärtigen braucht man nur ein weithin diffuses milchiges Oberlicht,
die weiten Kioskbestandenen Hallen, die Wartebänken...
die viereckigen Aluminiumverhaue....

Im übrigen sieht ein „Ich" sich nie selbst im Raum rumstehen.
Das ist das Grundprinzip einer Descartes Philosophie.. - einer

descartschen Meditation.

Selbst Augustinus sieht sich als „Ich" – als 3D Ich - vielleicht im Raum sprechen lernen, doch dabei kommt ihm die Zeit abhanden. Verunsichert wanderte ich eine halbe Stunde lang ganz Termini ab. Auf dem Vorplatz nochmal eine halbe Stunde.

Ich warte sonst nie. Deswegen kann es sein, dass ich das volle Zeitmaß nicht ganz traf.

Schlechtes Gewissen jetzt.

Sehr schnell war mir die feste Überzeugung gekommen, dass es ursprünglich Mailand gewesen sei, wo wir uns hätten treffen sollen. Er war so kurzangebunden gewesen, am Telephon. Schien mir jetzt. Wie kann man sich vertun zwischen Mailand und Rom..;das sind mehrere Stunden Zugfahrt.. es sei denn, Leute sind ungebildet, dumm und wissen nicht, dass zwischen Rom und Mailand Kilometer an Geschichte, Kunst und Landschaft liegen. Rom und Mailand wären dann die gleichen Vororte des gleichen dummen Dings.

Was weiß ein junger Mann schon, dem das Hirn vor Hunger in den Kniekehlen sitzt. Und vor fehlender Schulbildung.

Jedenfalls war ich mir unsicher, ob er nicht einfach einen Spaß gemacht hatte. Dafür hatte ich mir zwei Nachtzüge angetan. Für einen läppischen Spaß.

Vielleicht versuchte man auch, jemanden anderen an den Karren zu fahren – wusste aber nicht recht, wie mit welchen Mitteln und wieso.

Kurzentschlossen stieg ich in den Zug nach Norditalien.

Wenigstens Stadt angucken. Das Hotel war noch schlimmer.

Il ne pouvait pas, sagt er später am Telephon. C'était trop fort.
Seine Füße hätten gezittert. Seine Hände.
Von wegen Mailand.
Es habe ihm niemand eine Knarre an den Kopf gehalten.
Und: das nächste Mal solle ich doch in der Moschee anrufen.
Dort wüsste man jemanden, der ihm Bescheid sagen würde, der wüsste wo er zu finden sei. Er dachte wohl, das würde ich nicht tun. Natürlich hatte ich da schon angerufen, aber niemand hatte von dem Namen je gehört – und überhaupt...
Aber, sagte er da, als ich wütend versuchte, ihm es am Telephon ENDLICH zu erklären, da sagte er, sein Französisch sei zu schlecht, ich hätte eben bei den Falschen angerufen.

Hinter der Tür, schluchzte er und stolperte, und ob ich...
In einem Stoßseufzer Atemzug hatte er sich geräuspert, ob ich wüsste, dass es Widerstandskämpfer in Algerien gegeben hätte.
Im Algerienkrieg und er nannte unverständliche Zahlen und verwickelte sich erneut.

Sein Vater war einer gewesen – aber er war nicht nur ein Widerstandskämpfer gewesen sondern in zweifacher Hinsicht Teil der Resistance, er war ein tapferer Soldat gegen die Nazis – so leid es ihm täte, dies sagen zu müssen -
Pas de quoi, sagte ich, noch immer verwirrt von den unklaren Angaben, die er stoßweise mir zukommen liess.
Und dafür dekoriert und gefeiert – vielmehr, das verwusch sich – ein Widerstandskämpfer und Soldat der FLN, der von den Franzosen, seinen Ex-Kameraden gefangen genommen und gefoltert worden war.
Imagine, sagte er und zog heftig an seiner Zigarette.
Du rauchst? Fragte ich.
Wenn ich nervös bin, nuschelte er, und
Und außerdem saß er im Knast von Marseille, sie haben ihn büßen lassen, sie haben ihn unehrenhaft behandelt, sie haben ihn gedemütigt, zweifacher Verräter in ihren Augen, so dumm waren sie, dass sie sich selbst als Verräter bezeichneten in ihrem Hass gegen Algerer, die für ein freies Vaterland kämpften, die gegen die Deutschen kämpften und dann gegen Franzosen,
wenn die nicht gerecht sein wollten...
Imagine,
in der Kälte ließen sie in sitzen, Lungenentzündung bekam er....
Aber als er dann endlich heimdurfte, war sein Vater ein gefeierter Mann, ein Nationalheld. Mit Rente und Orden und allem Drumunddran.
Imagine, tzüchtelte er hektisch und blies lang aus, dann fing er das Saufen an. Und wenn er besoffen war, holte er den Gürtel raus. Ein Nationalheld, der nicht weiss wohin mit seinem Hass. Weil sie ihn kaputtgemacht haben, zuviel Folter ist nicht gut für einen Mann.

Manchmal, war es weniger schlimm, sagte er, ...

Manchmal, wenn er besoffen nach Hause kam und das Türschloss nicht aufschließen konnte, gröhlend, brüllend in der Gasse, so

dass alle, aber vorallem der Sohn, der die Tür aufmachen sollte, wussten, dass er da stand.
So dass die Nachbarn auch wussten, dass der Junge es wusste.
Kurz: nicht aufmachen, nicht reinlassen, gabs nicht.
Schlotternd hinter der Tür musste sich der Junge schnell entscheiden.
Lieber vor Angst in die Hose machen, als ihn schnell reinlassen.

Tu peux imaginer , quelle honte javais, ...ca fait encore tellement mal que te raconter ca... ne pèse pas ...

Das Café am Bahnhof fand ich ohne weiteres;
Eigentlich war ich absolut sicher gewesen, mich in meiner tranigen Müdigkeit erneut zu verlaufen, schon allein um einen Grund zu haben, nicht hinzugehen, nicht umsonst zu warten, nicht wieder die Blöde zu sein, die auf die ganze Geschichte reingefallen war.
Kein erneutes Warten nicht auf mich zu nehmen;
Und außerdem hatte ich überhaupt keine Lust mehr, den Typ zu treffen. Jemand, der so kapriziös war, dass er es sich leisten konnte, eine Frau durch halb Europa zu hetzen, bloß des Vergnügens halber: sie noch länger warten zu lassen, konnte bei näherem Hinsehen nur noch unerträglicher werden. Schon das nervöse Kichern hatte etwas Nerviges.
Später - im Nachhinein – hatten dasselbe hysterische Kichern Schwule, die merkwürdig verklemmt, oder wie andere sagen würden abgrundtief zynisch mich als Vermittlerin für ihre erotischen Rendez-vous „gebrauchten"...da war ein russischer Maskenbildner,

Schminker, der im Louvre-café sitzend, mich mehrfach um Adressen bat, Kontakte, Schauspieler, deren BOOK deren LOOK er zu verbessern gedächte.... hohnkreischend die jungen Männer, die er in sein Bett bezirzte, nach mir ausfragte ...so kolportierten es jedenfalls diese, manchmal wütend, manchmal ihrerseits ironisch.
Männerbünde...männerbündisches Verhalten hat mich schon immer fasziniert, und es macht mir nichts aus, es tut mir keinen Abbruch, angeblich „manipuliert" zu werden...ich will dann – wenn schon - gerne wissen, welche MESSAGE ich als NIEMAND, als namenloses Medium delivrer überliefern soll.
Denn dass das Medium gesichtslos, dumm und ahnungslos ist, scheint eine Grundvoraussetzung zu sein, deren sich Männerbünde, gerne bedienen. Aber nicht nur die.
Eine dumme Touristin, halb amerikanisch, österreichisch, deutsch oder schwedisch....nur dumm, freundlich und offenherzig.
Aber dumm zu sein, nicht wahr, dazu bedarf es wenig und es bedarf einer .. Geschichte, die den Dummen ihrerseits braucht, um zu funktionieren –
Das ist das Brisante daran.

Das Louvre-Café habe ich nicht vergessen, in den Passagen unter der Pyramide. Nicht den dämmrigen Anblick durch die getönten Glasscheiben, wenn ich unter ihm hindurchgehend, nach oben, sah und seinem tiefen Desinteresse entglitt.
Der große David, Goliath an Kraft, selbstvergessen in seiner männlichen Herablassung. Und doch, wie im Falle des russischen Maquilleurs, nur ein gipsernes Statürchen.
Ein hingegossenes Warten von Mann.

Der Amerikaner, den ich in den Jahren traf

war nicht anders.
Ein einarmiges Monster der Schwerelosigkeit und Brutalität, das vorgab vom Geheimdienst zu sein.
Meine Freundinnen lachten. Hellauf von meiner sottise begeistert.
Du fällst auch auf jeden rein, sagten sie.
Was den Amerikaner nicht kümmerte, wenn er pfiff.
Er wollte zeigen, dass er das Sagen hatte. Stolz drauf war, dass er Frauen abrichten konnte.
Weiße, sagte er, wollen genau das Gleiche, nur haben sie nicht den Mumm, den Instinkt. Europäische Intellektuelle, schau sie dir doch an. Ich aber, fügte er hinzu, als wir ebenso schwer wie tänzelnd die Straße überquerten, ich vergesse einen Blick nicht.

Ich hatts auch nicht vergessen, als ich durch die Glastür des Cafés trat, mir am Tresen einen Cappuccino bestellte – und heftigst umarmt wurde von einem nach Bier riechenden rauchenden Wesen, das sich von weit oben zu mir herabbeugte. An sein Gesicht hätte ich mich gewiss nicht erinnert.
Das war ganz anders gewesen.
Auch die Grösse war anders. Der junge Mann war gut einen Kopf gewachsen. „ Macht nix", sagte er, „das kommt vom schweren Schuften. Maurersäcke schleppen." Und schlürfte noch schnell ein Bier. Er hatte sich Mut antrinken müssen und war damit noch nicht fertig. Und außerdem.." Kann man sich nicht vorstellen, wie das ist, in Europa, man muss mit den anderen gehen, sich anpassen, als Maurer, kann man nich auf Baustelle sitzen und Kein Bier trinken. Das macht die misstrauisch."..."Tu comprends...?"
Ich kann nicht sagen, dass ich erleichtert war.

Aber jeder kann seinen Kopf auf momenthafte Wahrnehmung umschalten, auf die Befriedigung, eine starke und heisse Tasse Kaffee zu trinken, nachdem man stundenlang durch eine eiskalte Stadt marschiert ist, die die Kälte in ihren marmornen Eingeweiden wie mit scharfen Krallen festhält.
Die Erleichterung, meinen jungen Mann endlich mir gegenüber zu haben, ohne dass lästige Beobachter ihr Gramm Unzufriedenheit und Misstrauen in die Waagschale legen, ohne dass ein Zeitungsleser sich dazwischendrängt. Schulterklopfend sagte er, wie froh er wäre, mich zu sehen. Und ich konnte mich immer noch nicht an das Gesicht erinnern, noch pausbäckiger noch bubenhafter als alles was meine Erinnerungszüge hergaben.
Noch dazu grösser und mit einem Buckel, so schien es.
Der junge Mann war wie ein Dämon zwei Köpfe gewachsen und wo damals der andere Kopf an Kopf mit mir im dämmrigen Ulmer Münster stand, schwebte der hier, als wäre er Smile
Schwankend lächelnd über mir hin und her.
Nur seine Stimme war gleich, das gleiche alberne Frohlocken und Kichern, in sich Hineinsummen, während er sein Bier trank.
Er hätte ein Hotelzimmer für mich reserviert.
Außerdem wollte er mit mir essen gehen.
Die Stadt zeigen. Reden.
Fast schien es als wären wir verlobt.

Unter Vorbehalten – denn ich gehe ungern mit Fremden, praktisch nie, denn , um ehrlich zu sein, ich traue eigentlich keinem, und ich gehe auch recht ungern mit Freunden, denn die es gut mit einem meinen, die parken einen dann auf ihrer Wohnzimmercoach als wäre man ein Hündchen und tun so, als hätte man, als hätte das weibliche Wesen, das da sitzen muss, es ENDLICH gut, wäre ENDLICH aufgehoben, aufgeräumt worden
Meistens sitze ich dann da und warte, während die Zeit sich dehnt, zu einer leeren Unendlichkeit sich ausstülpt, leise Schnarchende Geräusche, Liebesgeschnurr durch Zimmertüren Wände sickert, als wäre ich ein stummer Zuschauer im Schrank, dessen man bedarf, um sich geliebt zu fühlen. Um die leeren Nächte totzuschlagen ohne meine Bücher ohne Filme, ohne Musik - damals kannte man ein ipod nicht - nur mit der ohrendröhnenden Phantasie der anderen, die hinter sich ihre Schlafzimmertür zugezogen haben – willigte ich, während der junge Mann beim zweiten Bier angelangt war, ein.
Die Paradiesische Herberge mit ihren asketisch leeren Zimmern und marmorimitierendem Granit-Fußboden war doch, wie ich fand, vom teuflisch zeternden Wartungspersonal herabgesunkener himmlischer Wartesaal zum Schreien laut gewesen.
Zu kalt.
Natürlich machte der Mensch an der Rezeption ein eisig kaltes Gesicht, als wir schließlich vor ihm aufkreuzten und mein Begleiter mein Gepäck auscheckte – fast schien es, als wollte der Mann versuchen, mich doch noch festzuhalten;

Witziger – und überraschenderweise war das Pensiönchen, das der FIS Anhänger dann präsentierte, ein sehr Gemütliches-In-warmen-gelben-Tönen... aber wie zu erwarten war, sofort getrübt von einer nicht enden wollenden Auseinandersetzung darüber; ob ein Zimmer allein nicht doch für beide reichen würde. Leider gibt es Komödien, die ich nur eine begrenzte Zeit mitspiele, hat mir mein Erzeuger doch beigebracht, dass zum Komödiespielen im allgemeinen es zweier Leute / dem Grundmodus Der Meute bedürfte. – Ich habe zwar immer versucht, ihn darauf hinzuweisen, dass man auch gut für sich alleine spielen kann –
Aber das ließ er nie recht gelten.
Darauf kommen wir noch zu sprechen.
Kurz, mit diesem jungen Mann gab es nichts diskutieren – aus meiner Sicht und darum hatte ich sehr schnell ein kleinen eigenes Zimmer für mich. Allerdings hatte ich – in meiner energischen Art der Konfliktlösung - mir seine Zimmertürnummer nicht gemerkt.

Da saß ich nun wie anderswo sonst auf dem Canapee, auf meinem Bett und dachte nach.
Ich denke, dass das ist, was man tun soll:
„Do setz Di hin und denkt nach was de gmacht hesch"
oder so ähnlich, ich habe mich nur zeit- und jahresweise im Schwabenland aufgehalten und spreche es „imitativ".
Nachahmend eine Sprache zu sprechen hat allerdings etwas kompulsorisches. Zwanghaftes. Fast ist so, als müsste man die Gedanken, die dahinter stecken, die diesen oder jenen kleinen Satz hervorbrachten, und die oft von mir nicht mitgedacht werden, zwanghaft auch wiederholen.
Was ja, zugegebenermaßen, der Sinn des Nachsprechens ist.
Was aber nicht meiner ist. Denn es ist ja nur ein besuchsweises Nachsprechen. Ein beobachtendes, Austestendes...
Was oft genug dazu führt, dass ich nach ein, zwei Stunden, die ich auf der Couch, dem Canapee oder dem Sessel im Wohnzimmer von Freunden, die rührend besorgt, mich mitnahmen, mich bei sich unterbrachten, alleine sitzend verbrachte, beginne, mir heiter die Sätze vorzusagen, die eben hinter so einem Satz liegen, einem wie „Denk nach was Du da gemacht hast"...
Als Frau, und vermutlich ist es das, was Kafka in seiner Schrift des Affen
Kommt einem...einer ja eine Sonderstellung zu. Die Lage ver-

schärft sich, wenn Sie es mit einer ...Grenzgängerin zu tun haben.
Schon der Sprachgebrauch will ja dieses Wort nicht hergeben.
Ein Zöllnerdeutsch.
Und für dieses Zöllnerdeutsch braucht man nicht in Ausland zu gehen, das gibt es auch im Schwabenland.
Im gut christlich geprägten.
Wie schwierig wird es da für Leute, die Frauen nur als Freundinnen kennen, als Ehefrauen, als Teil eines Mannes auch nur ein bruchstückhaftes Verständnis aufzubringen –
Nicht lachen, das war in den 80ern, in den 90er und 2015 ist es nicht wesenhaft anders – in den 80ern, da war der Mauerfall, aber ich denke, wir haben die Mauer einfach woanders hingeschoben....
Mal kurz mentale Räume erweitert, aber da wir alle ja Räume brauchen, Wände, Mauern, Grenzen – denn das ist es ja, was Struktur gibt – nicht, haben wir die Mauern nicht eingerissen, sondern einfach nur verschoben.
Um das Schwierige, das Prekäre
Dachte ich, als ich da in meinem Hotelzimmer sass und mich fragte, ob ich nicht kurz mein Mäuerchen zum Schlaf, zum Kurzschlaf überspringen könnte, einreissen, zusammenfalten, was auch immer, und wie immer konnte ich nicht drüberspringen, weder in den Schlaf noch ins kurze Wegdämmern.. Das Sentinellenproblem....
das ImmeraufderHutsein der Grenzgänger. Wobei ich mir hab sagen lassen, dass richtige Wachleute, richtige Soldaten sofort und überall wegpennen können, in den tiefen zwei drei Minuten Schlaf fallen, wenn sie sich sicher und unbeobachtet wissen,vermutlich eine Fehlinformation.
Denke ich noch, dass es dumm ist, auf seine Freunde zu hören, die überall Frauen wegschließen: damit sie nichts Unmoralisches tun.. Unmoralisches...
Voilà eins der Worte, das sich nicht übersetzen lässt. Nicht in meine Sprache, das ist ein Wort
Wie „Kreter lügen nicht" - doppelschneidig, sich selbst aufhebend....
Eine Frau, die über Unmoral redet, nicht, nachdenkt, geht gar nicht, wie begrenzt Schwaben doch sind, denke ich und stehe auf.

Weggeschlossen, dass besser wegzuschliessen ist, bevor es Dummes anstellt, abends allein auf der Straße
Wie ich da so dasaß, auf meinem neuen Bett in meinem neuen Hotelzimmer, und es mir doch nicht gelang nicht gelingen wollte kurz in tiefen Schlaf zu fallen und es kurzerhand vorzog, die Müdigkeit zu vertreiben, zu verjagen, anzulocken mit einem

touristischen Spaziergang in den Sehnsüchten sehenswürdig von Bologna und mühsam wieder aufstand, da fiel mir ein, dass ich vergessen hatte, nach seiner Zimmernummer zu fragen. Und wie gesagt, mir war die Geschichte mit seinem Namen so unsicher so zweifelhaft wie das mit seinem Gesicht.
Sehr merkwürdig.
Ich beschloss, dass Problem kurzerhand zu lösen, indem ich mich laut rufend in den Hotelflur stellte.

Auf der Straße, die parkähnlich wie in einem Villenvorort leicht berganführte, genau weiß ich es nicht mehr, denn die Kälte schien aus Bologna verschwunden zu sein – und dort, wo es frühmorgends eisige Minusgrade wabernd an Steinwände verschlagen hatte, schien nun eine Art milde Frühlingssonne.
Das Grün der Parkwege stieg vermutlich wieder zu einem Turm an, vielleicht einer nahegelegenen Aussichtsanhöhe, die voll von der Sonne getroffen, eine Spur von emotionaler Hitze in sich trug... sich in anderen Zeiten Saisons wähnte? Ich weiß es nicht mehr, vielleicht
Verrutscht auch meine Erinnerung und der Park der Villa Borghese schiebt sich drüber, in dem ich gerne saß, um von oben auf Rom hinunterzusehen, wenn ich dem dichten, grauen Bahnhofsgetümmel entkommen, der Metro, den grauen ultravornehmen Bistros den schmutzigen engen Straßen hinauf hinter und weit weg von der Spanischen Treppe unter den Biedermeierbäumen saß, in den biedermeierhaft arrangierten Orangenbaumhainen, vornehm beschattet, und ins Freie guckte.

Na, sagte er, als glücklich glucksend neben mir auf der Parkbank saß und ich noch überlegte, ob es nicht besser wäre, gleich wieder aufzustehen, lauernd vor der Bank in der Sonne mich stehend zu wärmen, zu wiegen, da fragte er, ob ich den Film gesehen hätte, welchen Film sagte ich, auf die Idee, dass wir ins Kino gehen könnten nach der ganzen Aufregung, wäre ich nicht sofort gekommen, mir wärs lieber gewesen, einen Tisch, eine Bank zu finden, ein Diktaphon oder Papier hinzulegen,
nein, den Film mit
Meg Ryan. Tom Hanks. Von dem die Zeitungen voll wären:
Im Leben bitterste Feinde.
Aber in den emails Liebhaber.
Amants.
Aha, die Hotelzimmerfrage näherte sich wieder mit großen Schritten;

Der ihn später aus der Untersuchungshaft holen wollte, war ein Pfarrer der evangelischen Landeskirche Baden Württemberg.
Noch höre ich seinen Befehlston auf dem AB.
Dann seine eindringliche Stimme am Telephon.

„Du MUSST da sofort anrufen."
„.."
„Das Zeitfenster schließt sich."

„Ich hab die Information vor 8 Stunden bekommen.
Wenn du Pech hast, ist sie 2 Tage alt."

„Und er ist weg.
Da kann ich dir nicht mehr helfen, wenn du jetzt nicht SOFORT mitmachst."

Natürlich rief ich da SOFORT an. Allerdings gebe ich zu, dass ich barsche Töne auf meinem AB überhaupt nicht mag. Da konnte es vorkommen, dass das Ding mir runterfiel und die Nachricht gelöscht war.
Ein damals noch sehr frischer ostdeutscher Bekannter der nannte die Dinger „ANRUFBEERDIGER". Ostdeutsche Ironie.
Natürlich gab ich mir Mühe, und hinterließ auf seinem meine

Nachricht. Nur sprach ich offenbar zu leise. Die Leute konnten sie nicht verstehen.
Also, jedenfalls hatte ich SOFORT da angerufen und konnte auch mit dem Kontakt sprechen, der ein sehr freundlicher aber offenbar hinterhältig freundlicher bayrischer Untersuchungshaftwärter einer bayrischen Justizhaftanstalt oder Abschiebehaftanstalt war, der von dem jungen Mann und seinem Namen noch nie was gehört hatte.

Dessen langgezogenes JA und sofortiger Bescheid, dass der junge Mann um den es hier wohl gehe, soeben nach Österreich abgeschoben würde – und mehr könne er leider nicht sagen.
Das war schon zuviel des Guten.

Eine Auskunft, die noch irritierender war, als hätte er gesagt: Kenn ich nicht, weiß ich nicht, rufen Sie nie mehr hier an.

Warum sollte man einen Algerer nach Österreich abschieben? War er denn von da gekommen? Und warum war das nicht...
Dass der Name, um den es hier ging, ein falscher war, hätte er genausogut sagen können.
Offenbar hatte er Mitleid mit der Freundin oder Verlobten, oder für was auch immer er mich hielt, die mit einem Typen zusammen war, dessen richtigen Namen sie nicht mal kannte.
Und vermutlich wollte er mir den richtigen Namen auch nicht sagen, damit ich nicht auf noch blödere Gedanken kam –
Aus seiner Sicht natürlich.

Jedenfalls hatte der Pfarrer mich richtig angekündigt.
So leise konnte ich garnicht sprechen, dass der Vollzugsbeamte mich nicht erkannt hätte. Ich nehme an, dass ich ihm die sentimentale Note zu verdanken hatte.
Und dass mich das Ganze Theater traurig machte, war ja auch richtig. Vielleicht sollte man mal untersuchen, warum und woher Traurigkeit kam

Lorca
spanisch
Hinter den Wänden

„Versteh ich nicht", rief pathetisch der Pfarrer am anderen Ende der Leitung. "Du hast Dich nicht richtig reingehängt. Wieso Österreich? Er ist doch kein Österreicher, dein Freund, oder etwa doch? Einen Österreicher verwechselt man nicht mit einem Italiener. Da musst du nachfragen -
Oder, er ist von dort aus eingereist. Und jetzt schieben sie ihn dahin ab. Genau, so läuft es.
Ich ruf da nochmal an."

Bologna

Der Telephonanruf, bis.
In der rue Letort, damals.
Mit Blick auf die getönten Scheiben des Einzimmerappartements
Louis Trintignant könnte nicht unbeteiligter irritierter schauen,
als ich in dem Moment. Da lebte Marie noch.
Mein Erzeuger war dran.
Ein junger Mann habe bei ihm in der Redaktion angerufen. Er
sei zu ihm durchgestellt worden.
Eigentlich mache er sowas ja nicht.
Anrufe weiterleiten.
Aus der deutschen Kleinstadt. Aber der junge Mensch hätte gewusst, dass seine Tochter, dass er eine Tochter und dass diese in
Paris... also, er bitte um Entschuldigung, aber dies hätte er jetzt
weitergegeben.
Unverfroren..;ça a du charme.

"Vasteeh ick nich, vaschteh ich nich..."
Gemeinsam im frühen Abend nach einem späten Tee oder einer frühen Abendmahlzeit in einem der Bergmannstrassen-Cafés seh ich uns den Mehringdamm herunterstiefeln, mich und den Prediger. Ich hatte eines Morgens den Brief in der Post gefunden, nun aus Paris nach Berlin zurückgekehrt, maulend, wie ich zugebe. Berlin Anfang der neunziger Jahre war fast noch unerträglicher als Berlin in dem Jahr vor dem Mauerfall. Damals ein limbus kurz vor dem apoplektischen Schlag, dem Hirnschlag verursacht durch ein banales Gerinnsel, eine winzige Stockung in einem winzigen Äderchen. Stinkend, klebrig...verlaust und immer voll Staub. Baustellen, Mauerdurchbrüche, Ubahnstopps, die 40 Minuten dauernd konnten.

Der Umbau einer Stadt, hélas
American history mit ohne x
Ein bisschen dumm und ohne Chance irgendwas zu verstehen

Kopfschüttelnd, wie gesagt, hatte ich den Brief im Briefkasten gefunden; Drin die Nachricht von der drohenden Abschiebung und daneben der merkwürdige Schein in arabischer Schrift.
Wenn er schon Asyl haben wollte, warum schickte er mir dann das Ding?
Man schickt die Unterlagen, die wichtig sind für Behördengänge, für bürokratische Formulare nicht einer wildfremden Person.
Vorallem nicht, wenn man nicht sicher ist, ob sie überhaupt was damit anfangen kann.

Macht doch keeenen SINN, sagte der Pfarrer und sein Arm fuchtelte nach links, während ich rechts ausholte. Ein wildes Duo. Der Pfarrer hatte Lunte gerochen. Hier musste jemandem geholfen werden. Eigentlich sollte ich Amnesty International verständigen, sagte ich.
Nee, lass man... Det kriegen wir auch hin.
We shall overcome.

Ein in arabischer Schrift verfasster Entlassungsschein, der die Beendigung des Aufenthaltes in einem Lager in Algerien festhalten und dokumentieren sollte.
Damit könnte man – zumindest theoretisch – die Zugehörigkeit zu einer verfolgten religiösen Gruppe oder aber zu einer terroristischen religiösen Gruppe nachvollziehen.
Das Recht haben, den Ungläubigen – selbst den Buchgläubigen – les croyants non les gens du livre - gegenüber zu lügen.

Das Prinzip der taktischen Lüge.
Stattdessen ein Laisserpasser?
Ein Freischein....
Ich denke aber, sagte ich, dass ich trotzdem zu Amnesty gehe.
Sollen die mir sagen, was da in Algerien los ist.
Ob das glaubhaft ist.
Und was ich mit diesem Entlassungsschein machen soll.

So ist dieser Wisch für jeden und alle unwichtig.
Ein Entlassungsschein, der nur zeigt, dass da jemand überhaupt rein garnicht entlassen wurde.
Ich meine, sagte ich zu mir selbst, genauso gut könnte mir jemand seinen Entlassungsschein aus dem russischen Gulag schicken.
Wozu?
Was sollte das?
Ich habe – viele Jahre später – sogar in einem Lehrbuch der arabischen Sprache noch einen anderen Entlassungsschein gefunden.
Es ist der Entlassungsschein eines Urgroßvaters, der aus einem Kriegsgefangenenlager in Malta 1919 oder so wieder nach Deutschland entlassen wurde.
Dieser Entlassungsschein machte irgendwie Sinn. Wenn auch nicht klar war, was er in einem arabischen Sprachlehrbuch zu suchen hatte, konnte dies doch daran liegen, dass Malta das europäische Land ist, in dem auch Christen arabisch sprechen.
Und dass jemand, der aus Malta nach Deutschland entlassen wurde, diesen dort aufhob, wo er für ihn hingehörte.
Zu seiner alltäglichen Situation.
Trotzdem, so dachte, ich was soll ich mit diesem Entlassungsschein, vorausgesetzt, er besagt wirklich das, was drauf stehen soll. Ich, im Gegensatz zu meinem Urgroßvater kann nämlich nicht arabisch lesen.

Der Pfarrer aber war der Ansicht, sein Christenjob sei es, die Gefängniswärter zu bequatschen.
Also ging ich allein nach Dahlem.
Zu Amnesty International.

Das A.
Und dann das I.

Sie konnten dort nicht viel damit anfangen, zwei junge Männer in einem Dachgeschoss Bureau der Amnesty International Filiale. Fast mochte man meinen, es sei eine Studentenbruchbude in einer der Dahlemer Villen. Viereckig, bürgerlich, uninteressant. Nicht unbedingt ein Ort in Berlin, an dem wichtige Informationen zusammenliefen. Berichte über inhaftierte Journalisten, weggesperrte verloren gegangene verschwundene Gefangene oder Verurteilte...
Ich hatte irgendwie immer geglaubt, Amnesty International sei so ein hochwichtiger hochpolitischer Ort, fax-Ticker, Nachrichtendepeschen, die nonstop über die Schreibtische liefen,
eben ein Ort, an dem wichtige politische Nachrichten ex negativo verhandelt wurden. Durch die Tatsache allein, dass nach denen gefahndet werde, die weggeschlossen wurden, sei die Bruchstelle eines Systems, manchmal auch schon seine Zukunft sichtbar. Nach Vordenkern, Meinungsmachern, Oppositionellen, Journalisten etc....
Eine Art Wikileaks Vorstellung der Zukunft, zwar zensiert, oder mit Markern unterstrichen, wie hier in diesem Text...beiläufige Zensur.. Ein bisschen Druck... Kaum der Rede wert.
Das was jetzt weggestrichen wird, man aber nicht unterdrücken kann....Was zensiert und mundtot gemacht wird, aber in zwanzig Jahren zur Sprache kommen wird.
Kurz, das was Berlin so interessant macht, aber daherkommt wie

das Flugblattdepot einer Schülerzeitschrift.

Sie waren sehr nett, die jungen Herren, konnte aber auch keinen Zusammenhang herstellen, zwischen dem arabischen Entlassungsschein und der österreichischen Abschiebehaft.
Sie, so vermutete ich, waren auch nicht in der Lage, arabisch zu lesen.
Also ging ich wieder.

Dann rief ich bei einem jungen Mann an, der bei den Berliner Jungsozialisten ein sehr aktives Mitglied war. Um genau zu sein: er hatte es sogar bis ins Abgeordnetenhaus geschafft – und konnte zu Recht stolz auf sich sein. Nun allerdings befand er sich mir gegenüber in einer unangenehm peinlichen Lage und tat alles, um das Gespräch und den Kontakt schnellstens zu beenden.
Das schlimmste aber war, dass plötzlich Gerüchte aufkamen, ich hätte ein Verhältnis mit dem Pfarrer.

„Die Toten", hatte er davor gesagt, kurz nachdem wir uns kennengelernt hatten.
„Mir hats auf den Magen geschlagen", sagte er.
Ihm habe es....er zeigte hin....als er sich an meinem Tisch in einem Kreuzberger Restaurant zu mir setzte. „Darf ich? Ich kann grad nicht allein sein. Ich hab ne Beerdigung abhalten müssen und es war eine Freundin von mir. Die Toten sterben so leicht und manchmal so unbemerkt: S'war eine junge Freundin von mir, kaum 25 Jahre alt. Und niemand hat es mitbekommen, die lag da wochenlang in ihrem Appartement, bis jemand die Tür aufbrechen ließ. Da schimpft man immer über die Leute, die ihre Freunde verrecken lassen – und ich bin nicht besser als die..."

Beit bait

Der Priester hatte keine Bleibe in der Stadt. Keine dauerhafte, er war allein zur Beerdigung gekommen, und, in der Hoffnung, noch ein wenig helfen zu können. Testamentarisch. Den Nachlass ordnen. Aber welchen Nachlass hat schon eine 25- Jährige junge Frau, welchen ein 18-Jähriger? Konnte
einen Nachlassstreit um ein Fahrrad entbrannt sein ? Um eine Spielkonsole? Kleider, Bücher? Zweifelhaft.
Die Gewissheit, einen Toten unbestattet vergessen zu haben und schlimmer noch, einer Freundin in ihren letzten Minuten nicht beigestanden zu haben, trieb ihn durch die Strassen.

„War sie denn an einer Überdosis gestorben?"

Er schüttelte den Kopf und konnte kaum mehr an sich halten.
Hinter den Händen sah man nicht viel.
Ein Zuviel, schloss ich. Ein Zuviel an mehrern Dingen.
Kein Selbstmord, kam dann irgendwie heraus. Und doch eine Lebensverweigerung. Ein Abweisen, sich Zurückziehen in eine Wohnung, aus der sie niemand mehr herausholen würde.

Ein Unfall aus Nachlässigkeit und mit einem ähnlich fahrigen Gefühl einer leicht schwankenden Ungewissheit lief er ziellos durch die Straßen und suchte nach einsamen Frauen. Zuhörerinnen.
Ich nahm ihn kurzerhand mit. Vielleich gab ich ihm da schon das Buch.

Die englischsprachige Einführung in den Koran, voll mit weitschweifenden Beschwörungen des Teufels und der Tücken der westlichen Lebenswelt.

Nachts, denn über dem vielen Rätselraten, der begeisterten Verbissenheit, war der Frühsommer in eine spätsommerliche Nacht übergegangen, nachts nun ließ die Rätselratefreude des Priesters nach.

Meinem Freund hatte ich zu meinem großen Bedauern abgesagt, nachdem sich der Pfarrer soviel Mühe gegeben hatte, schien es unfair, ihn jetzt alleine zu lassen.

Na, so schlimm kann det nich sein, meinte der zwar, schien großzügig doch mit Hintergedanken.

Auf die Leseanleitung zum Koran hatte ich mit einem Pasolini
Band geantwortet; Gedichte aus seiner Zeit im Widerstand..
Vielleicht hatte ich auch nicht geantwortet.
Mit Büchern zu antworten kommt einem Generalrundumschlag
gleich. Rushdie war noch nicht solange untergetaucht, und es war

noch undenkbar, dass er auf Büchermessen oder zu öffentlichen
Vorträgen auftreten könnte.

Und meine Gedanken sind zu verfizzt, ich hätte sie nicht als Buch
veröffentlichen können.
Verleger schicken mir meine Manuskripte gerne in einer vor-
bildlichen Geschwindigkeit zurück, welche mir beweist, dass
sie sie gelesen haben müssen, warum sollten sie sonst 6 Monate
Wartezeit auf knapp 10 Tage verkürzen, aber es kommt einer
Machtdemonstration gleich, einer Ganzschnell Beerdigung, die
zeigen soll: wir haben Ihren Textversuch trotz unserer anonymi-
sierten Antwortschreiben gelesen, wir haben Ihren Wortsalat ganz
schnell aus dem unablässigen Strom der Gedanken herausgefischt,
die über deutsche Lektoratstische TagfürTag fließen – und wir
fanden es nur für den Abfallkorb geeignet.
Jedenfalls war ich als junge Frau, mit knapp 25 Jahren mit einer
tieferen abyssalen Sprachlosigkeit geschlagen, ein Kummer mit
Suizidgefahr, eine unbekannte Deutsche, die sich wegen eines
nichtpublizierten Manuskriptes umbringt, was soll das, nicht
wahr, es ist unwichtig.

Ich vermute eher, denn genau kann ich mich nicht mehr erinnern,
nur eben an diese dunklen langen Nächten auf Berliner Strassen
und eisigen Plätzen in Bologna und Rom, Mailands Bahnhöfen...
Dass ich Pasolini und Wittgenstein nicht als Antwort an die unbekannte Postadresse schickte, sondern als Aufforderung.

Über die Unwahrheit
Im multikulturellen Sprachspiel.

Etwas anderes behaupten
Etwas anderes verstehen

Das Recht haben, den Ungläubigen – selbst den Buchgläubigen
– les croyants non les gens du livre - gegenüber zu lügen.

Ich weiß nicht, ob ich dem Pfarrer, der da so deprimiert vor seinem Bier saß gleich die ganze Geschichte erzählt hab.
Manche Geschichten haben Anfänge, Fortsetzungen, bei denen der Erzähler naturgemäß ins Stocken kommt.
Vermutlich nicht, sein Gesicht sah nicht danach aus, dass man viel hätte erzählen können.

Von dem MacDonalds Restaurant am sonnig-dämmrigen Januarnachmittag, als die Sonne sich dem Kalten zuwandte, Schwarz wurde. Leuchtete das Orange des MacDos umso heller.
In das mich ToniHamid eingeladen hatte.

Er wollte sich großzügig zeigen, hatte er gesagt und seine Freunde
hätten ihm geraten, dass MAC Do - also das sei das Richtige bei
frisch Verliebten.
Leider bin ich auf dem Ohr ein bisschen taub – ich gehe auch
nicht gern zu MacDo. Meistens gehe ich hungriger hinaus als ich
reingekommen bin und würde ich mich umdrehen und nochmal
hineingehen in den MacDo, dann bekäme ich Magenschmerzen
– vor Hunger.
Deshalb schlug ich vor, dass ich ihn einladen könne und ich
könnte mir ein Restaurant, ein italienisches ein maghrebinisches
auch ein asiatisches, bescheidenes Restaurant leisten – das hätte
mir die maîtrise der Situation gesichert, ich zahle lieber, als dass
ich einem Mann was schuldig bleibe –
Aber er wollte nicht. Nichts davon hören. Seine Galanterie und
seine Würde bekämen einen Knick, wenn er nicht zahlen dürfte
UND sagen, wo wir äßen. Darüber zu entscheiden stünde mir
nicht zu.
Natürlich sind wir vorher noch auf einen der Türme gestiegen.
Bologna hat noch einige wenige..von der Stadt der hundert Türme
sind nicht viele mehr zu sehen.
Ich erinnere den fröhlich heiteren Moment, als ich von oben mich
nach vorbeugend, auf den Platz hinuntersah.
Dort ließe sich gut Cafe trinken.

Im Sonnenschein, schwach zwar, aber südlich, wie ein Anflug, ein
Hauch von Wärme die über die Gesichter streicht,

Goethes West-östlicher Diwan; den hätte er gelesen, zumindest

Sagte er dann im Café und lachte. Etwas schien ihm unbändige
Freude zu machen – auch dass ich es nicht sehen konnte.
Vielleicht war das der ganze Trick. Man konnte den Leuten Dinge
vor die Nase halten, sie drauf stoßen, man würde es nicht sehen.
Muss erst mal drauf kommen.
Ich dachte nicht daran, dass später - zwei drei Jahre später, ein
kluger Komponist wie
Stockhausen sagen würde ....könnte,
nicht im Traum

stockhausen
den
les frèeres
fré-e...
einer marina abramovich version
in der, bühnentauglich diesmal, probanden einen namen schrieben - nur dies: einen einzigen namen, stundenlang, als füllte der name ihre existenz ganz aus....
einen frauennamen schreiben lassen
Bleistift spitzen ausradieren, neu ansetzen, vielleicht schrieb die frau auch: stockhausen tausendmal

Goethe
Das war ihm wichtig, einer jedenfalls, der sich mit dem Orient
auseinandergesetzt hatte.
Lorca sagte ich, Lorca hat es auch getan. Spanien...
Das wollt er nicht gelten lassen. Unter L-O-R-C-A konnte er sich
nichts vorstellen.
Also Goethe.
Totgeschlagen wie einen Hund.

Sagte ich und irgendwie hielt ich meine Handtasche fest, als der Wind mir die Haare aus der Stirn und über die Augen strich.

Erinnere - heute - dass ich ihm Hölderlins "Fast" übersetzt habe, im goldenen Abendlicht hinter Sacre Coeur mich ins Fenster bückend, am Fenster in einem winzigen chambre de bonnes mit Blick nach Westen in den Sonnenuntergang hinter dem Fensterrahmen einer Zimmermädchenkammer, "fast" - das beinahe "a peine" heißen könnte oder "juste" oder - je viens de rater - es misslang mir, das Glück zu fassen.
Ich lachte kurz über mich selbst, weiß ich noch, weil es so sinnlos schien, einem so Fernen, einem lateinisiert Arabisch Sprechenden ein Gedicht von Hölderlin zu übersetzen.
Und dafür nur die französische Sprache zur Verfügung zu haben.

Sein Telephonanruf, der drauf folgte, war noch sprachloser gewesen, punktuiert von unverständlichen Worten wie leeren Ausrufezeichen.

Später bestand er drauf zu Mac Do zu gehen, er wollte es hinter sich haben. Das Essen dort war einzuhalten, wie eine Verabredung mit jemand anderem. Vielleicht wars ja auch so. Vielleicht warteten seine Freunde irgendwo.
Doch die Schau, die er dann - aus dem Nichts - abzog, war grotesk. Kaum nämlich hatte er sich ein Mac Do Meal Tablett an der Kasse abgeholt, kaum sich durch das chromblitzende Geraune der Menschen seinen Weg an einen Tisch gebahnt, kaum sich in die Mitte des Neonhöllenraums gesetzt, sein Tablett verachtend auf den Tisch geschleudert, fing er an zu weinen. Im Niedersetzen schon verschlang ihn der Gram. Lustlosigkeit spülte ihn auf seinen

von ihm selbst gewählten Platz im Limbus.
„Was für eine Verschwendung", seufzte er, das Gesicht unschön auf die Styroporverpackungen gesenkt, als würgte er bereits - oder wie das braune Zeug zu nennen, das den ganzen Tisch vollstellte: Verschwendung, sagte er oder ähnliches so und überrascht wartete ich, noch mit meiner Pommes-Tüte beschäftigt, auf die Erklärung "VOM VATER"...ich hatte den Wechsel der Tonart nicht mit bekommen und wartete auf die Fortsetzung der französischen BesatzungsVatergeschichte, die aus - welchem Grund auch immer, just bei MacDo einen Anknüpfungspunkt besitzen hätte können, und sass nun irritiert inmitten des Höhlenartigen Vernichtens, das er gut gelernt zum Besten gab: was für ein Schweinefraß das sei, Verachtung, Vergeudung an Tier- und Menschenleben. An Geschmacklosigkeit und Perversion.... Er schluchzte.
Hörmal, versuchte ich zu sagen, meine Idee wars nicht...Wenn er dran denke, wie menschenunwürdig er sein Leben habe fristen müssen und nun als Krönung für all den Preis der Mühen diesen abscheulichen Frass....Mit gerunzelter verzerrter Stirn nach oben sehend - schlug ich nun den Stuhl zurück und fragte, ob wir nicht doch das Lokal wechseln... Nein, das wolle er nicht, das wäre alles, was er je gehabt hätte und nun sei es dahin...
Grosszügig habe er sein wolle und jetzt diese Demütigung....
einer Brautwerbung... Hochzeitsmahl....

Hatte ich zuerst noch, beim Tablettabstellen, eingeworfen, es sei zwar dégueulasse, aber schließlich habe er jetzt, was er wolle..
Platzte mir da der Kragen.
Sitzend stehend sitzend unklar in meiner aufbrausenden Wut
Dass ich jede weitere Diskussion definitiv und restlos abzubrechen gedachte, wenn er diese Show noch weiter spielte...
Aber einem Mann kann man schlecht sagen, dass er eine Show abzieht. Er sah mich und hier bediene ich die tiefsten antiislamischen Vorurteile: (aber verdammmich, war ich wütend) Er sah mich mit dem typisch maghrebinischen Blick eines Mannes an, der durch eine Frau hindurchsieht, wartete, bis die Luft zum Weiterreden rein war

Und begann von neuem:
„Widerlich und eine Gotteslästerung sei es, so was essen zu müssen. Außerdem habe er jetzt kein Geld mehr, alles für diese Scheiße ausgegeben...."
Den Rest hörte ich nicht mehr, schob Alutische und Alustühle beiseite.

Als der Pfarrer versuchen sollte ihn aus der österreichischen Abschiebehaft freizulösen .. wie auch? ... von nichts wussten wir und als die Nachricht kam, er sei nach Italien abgeschoben worden, denn eigentlich in Italien anerkannt, oder imminent anerkannt, eine kleine Adhoc Amnestie, alles algerischen illegalen Einwanderern zuliebe....

War es sehr still.

Seine Chancen, ins Pfarramt übernommen zu werden, winzig.
Manche seiner Theologiestudienkameraden seien depressiv. Sagte der Pfarrer gepresst.
Wenn Mutter Kirche, die Dir alles ist, keinen Platz für dich hat

Und du weißt, das, was dir sicherer Hafen Hort ist, der ewige Hafen muss dich durch die Prüfungen fallen lassen, der Unterschlupf für Immer muss eine Wahl treffen, muss ausselektieren, damit die wenigen Stellen besetzt werden können.....

Inwiefern, fragte ich, Italien?
War Algerien italienische Kolonie gewesen? Konnt ich mich nicht dran erinnern. Abessinien, ja, aber Algerien? Warum geht einer nach Italien, und warum wird er zuerst nach Österreich abgeschoben?

Der Pfarrer, der nur erst auf Probe Seine Gemeinde hatte,
musste sich nach einer neuen umsehen.
Ein Art von Misstrauensvotum, eine gebündelte Ansammlung
Der Ablehnung saß hinter den blanken, hoffenden Augen
Auf Betreiben von...
(ein Selbstmord).
„We shall overcome.....hab ich sie singen lassen, bei meinem Abschlussgottesdienst" , seufzte er trotzig. Und sie waren alle da.

Wochen, Monate später, da hatte Hamid schon sein Doppelleben gestanden, eingestanden, kein Italiener zu sein, noch Libyer.
Avec de grandes excuses. ....Fallait pas briser le coeur.
Mir war etwas rumpelig zumute. Die Löcher in seiner Erklärung flickten kaum die Lücken, die die – NOTWENDIGEN – wie er versicherte – Lügen in seinen Lebenslauf gerissen hatten.
Oder in das Bild des Menschen, den ich vor mir zu haben glaubte.
In einem anderen Päckchen, das er mir schickte oder schicken ließ, fand sich eine recht unhandlich große Tonkassette mit Liedern von Céline Dion.
Es sträubten sich mir kurz die Haare, unsicher, ob das Päckchen mir galt, fragte ich nach. Vielleicht für eine Cousine des Immam bestimmt, für eine Töchterchen eines guten Freundes? Seines - meines Hausmeisters? Chissa? Mit einem Stich im Herzen fragte ich nach.
Die fände er schön, sagte er am Telephon, und wieder klang seine Stimme merkwürdig breit, breitschultrig und nicht jung und bübchenhaft. Aber wenn ich Céline, wirklich nicht, (er schien gekränkt zu sein, mais sei ....non è pas grave) schön fände, könne er mir auch etwas Persönlicheres schicken.
Doch weniger für meine westeuropäischen Ohren geeignetes.
Nessun'

Der Nichtmehr-Pfarrer fand einen Job im Beerdigungsinstitut.
Klienten, sagt er, die Kirchen muss lernen, KUNDEN zu werben,
nicht Schäfchen, nicht Klienten, ein Anwalt hat Klienten, wir
haben Kunden, wir liefern denen was

Dabei musste ich an die doppelte dreifache Packung Handschuhe
denken, die er anzieht, wenn er die Leute wäscht.
We shall overcome

Wie schafft es nur ein Prediger, der aus der Kirche rausgeschmissen
wurde, schafft der es zurück, aus der Leichenwaschanlage
zurück in den Glauben
zurück ins Leben
zurück in die Kundenbetreuung?

schwer…tschuldigung…blödes Wortspiel, jetzt.

Hellblau der Himmel über ihm
Die grobkörnigen Glasfenstermosaiksteine, die die Tauben herab
sprinkeln ließen
Ein bleischweres Mosaik, eine Taube drei vier Meter hoch.

Violett flackernd
Orange
Nicht Katharina von Bologna.

Der Pfarrer suizidgefährdet.
Nachdem wir das Telephon endlich beiseitegelegt hatten und
eine Kerze angezündet
In memoriam
Irgendwann schmerzt das Nachdenken in den Augen, irgendwann
brennt das Grübeln im Kopf, versuchte er, Händchen zu halten.
Mir war nicht klar, was den Glockenschlag zu seinem Sturz
in die Vergangenheit verursacht hatte, die
plötzlich keine Vergangenheit sondern Zukunft war...
Ein Notarzt-Einsatz, eine Magenspülung.

Dann nämlich, wenn das Heilsversprechen der Kirche
Wenn das Versprechen der Kirche, für alle Schäfchen Schutzbefohlenen für alle Teile der Gemeinde
Die als Einzelne alle das Ganze waren
So umfassend jeder alles
Dass die Kirche Urkirche
Und jedem Pfarranwärter die Gewissheit gab
Auf immer und ewig Hüter und Beschützer der ihm Schutzbefohlenen zu sein und wehe
Dem der an der Schwelle des Hauses, des Gotteshauses
Stand, um mitzutun, um den nun altgewordenen, den im Dienst ergrauten Abzulösenden zu erlösen –
Dass dem nicht die Gewissheit verweigert
Die Antwort verzögert werde –
Dass all die die Kirche ausbildet, das namenlose Heer der Führungswilligen Mitarbeiter nicht stehenbleibe –

In der Warteschleife, während die Kirchen leerer werden,
dass man ihnen nicht bedeute, man bedürfe ihrer Dienste nicht

Machte ich mich stocksteif.
Die amourösen Abenteuer von Pfarrern oder Pfarrerinnen
sind mir von Jugend an ein Begriff.
Erst neulich wieder im Online-Friseurheftchenblättern stiess ich
auf eine den Regenbogenpressen entstammende Geschichte, die
vorgab, eine statistische Erhebung zu sein, über die Alltagstauglichkeit von Psychopathen. Tatsächlich seien unter den häufigsten
zehn Berufen, aber was soll ein Friseur auch davon halten, ein
Thema zu unruhig für eine so nervöse Kundin die nicht weiss
ob mehr vor Kamm oder Schere sich fürchten, die sich mit leisen
schnellen Bewegungen nähert, so dass man sich nicht schnell
umdrehen kann (und nichts ist schlimmer als sich nicht schnell
umdrehen können vor einem Spiegel der täuscht über die Raumlängen hinter ihm - will man sein Augenlicht behalten), also eine
Statistik, derzufolge (unlogisch hier - gleichgültig, manchmal
machen unlogische Gedankengänge Sinn, vielleicht sind sie auch
sinnvoll?) mit den meisten psychopathologischen Charakterzügen
- und in vorderster Reihe unter Richtern und Journalisten stehen
Geistliche gleich welcher Profession...

Die Mätresse
Tür an Tür aus Flügelschlagend
vielleicht hatte ich hn weitergeleitet, alle Beziehungen sind gut,
um die Schlacht auf ein Wiedererhalten einer Gemeinde, das
Recht auf eine Kanzel
zu gewinnen

als könnte
eine Pfarrerin als Mätresse
Ansprechpartner für alle seelische Korruptionen sein.
Die jeden auf die eine oder andere Weise mit und in ihr Verhältnis
der heimlichen moralischen Discordonanz einbezieht

als könnte man so Einfluss nehmen, altes Beichtstuhlwissen
auf einen Journalisten
auf kirchliche Hierachien

Und die das doppelte Spiel von Wohnungen Appartements und
weiteren Liebschaften gut kannte, den Reigen von Eifersucht und
verstecktem Privatzugang.
Das Verhältnis in zweiter Liga mit jungen Studenten aus Eifersucht
und Schikane, ein junger, aufstrebende Anwalt
Als Betthäschen in einer nicht enden wollenden Dreiecksbeziehung
Die Moral der Berichterstattung kennt viele Wege
Nur der Berichterstatter interessierte sich nicht für diese Geschichte. Wichtiger war, das Dreiecksproblem zu lösen, dann die Zeitung
voll zumachen. Oder anderum. Wichtiger war, den Besuch im
Hospiz zu beenden, oder andersherum.
Was soll man sich mit algerischen Männern beschäftigen

Das waren in ihren Augen nachtleere Geschichten, die arbeitslosen
jungen Frauen zustossen. Ewigen Studentinnen, die nicht fertig
werden, an ihrem Blaustrumpf zu stricken.

Frauen, die jungen Männern in den Zügen den Nachtzügen zu viel Gehör schenken.

ER habe mit Waffenschmuggeln zu tun, Sie mit Seelsorge.
Er habe mit mafiösen Strukturen zu tun, aber nicht mit nordafrikanischen Männern.
Sein Gesicht wurde dann anteilnahmslos, leer. Neutral.
Das war sein „Ich höre Ihnen ja zu" Gesicht.

Ihr anteilnehmender Blick, der noch lang auf meinen Gedanken lasstete, suchte einen Vorwurf zu zensieren? - ein schwarzes Tuch. In meiner Wut war ich geradeaus durch die Strassen gestoben

Bologna

Bis ich am Ende einer langen Gasse ein Kino fand. Ich hatte keine Lust mehr, zurückzugehen. Velleicht war ich auch zurückgegangen. Hatte allein die Nacht verbracht. Sein Hotelzimmer leer. Es antwortete niemand auf mein Rufen.
Vielleicht auch hab ich ihm einen Unschlag mit Geld unter der Tür durchgeschoben, vielleicht nicht.
Es hatte mich lange beschäftigt, aber das ganze Hotel war still, kein Türenschlagen, niemand - ausser mir schien dort zu wohnen. Und niemand war mehr da, der Hamid XY hiess.
Das Familienkino am Ende einer lange Gasse mochte Perla gewesen sein oder auch das Rialto oder Chaplin.
Ein kleiner Saal, in meiner Erinnerung ebenerdig bestuhlt. Man konnt leicht und unbeschwert an den Sitzreihen frei vorbeigehen - jede Reihe ein Berg an schwarzer Stoffen, von Seide und Samt in deren Mitte Mamas thronten, Grossmütter, Enkel, Ehemänner, Onkels, ein Picknick im Frühling der Dunkelheit, das nun bereits mit schweigenden Augen verschlungen wurde. Lars von Triers Dogma-Eröffnung lief bereits als ich hereingelassen wurde. Vermutlich hatten sie an der Kasse gedacht, ich gehöre zu jemandem. Sah so vom Himmel gefallen aus, dass es ein Akt der Unmenschlichkeit gewesen wäre, mich nicht hereinzulassen. Der kleine Saal voll fremder Laute. Nach den heiligen drei Königen den Sonntag gemeinschaftlich zu feiern, waren sie alle ins Kino gegangen, eine Seance fürs Viertel.
Und die Frauen im schwarzen Tuch, die Knaben mit Krawatten es schien mir, die nicht dazugehörte, aber nicht weiter auffiel - als hätten sie sogar den Kuchen mitgebracht,

Festen anzusehen.
Das dänische Dogma, das mit einer festlichen Banketteröffnung

Und mit einer tiefen stillen Verwunderung sahen sie zu, wie ferne, weit entfernt
Im Lande Dänemarks

etwas nicht stimmte.

wie eine Familienfeier missbraucht wird
zur Aufdeckung einer Straftat.

Orange
Der schwarze Gasmaskenmundschutz Augenbrille
Als hätte eine Zivilisation nicht längst verloren

Das nächste Päckchen enthielt:Eine Kasette mit Liedern von Enrico Marcias.
Zu Ehren von Constantine.
Ja, sagte ich schnell, die Verbindung war so schlecht und er rief nur noch sehr selten an. Ja, die alten Kassetten kann ich nicht abspielen, aber...
Enrico Marcias.... Habibi ya aini
J'ai quitté

Die Überraschung wich wie eine Atempause der Verständnis -losigkeit. Am Telephon kann man nicht alles besprechen, ni en sanglots
Je n'ai pas oublié

Der jüdische Kameramann, der öfters vorbei kam, war begeistert und nahm das Ding mit für seinen Vater, der alt geworden noch bref il pouvait l'utiliser...Il pouvait en faire usage....

Ich träumte unlängst von ihm. Machte ihm im Traum Vorwürfe, dass er mir diese schwierigen Wege zugemutet habe, diese Bittgesuche in Gefängnissen, bei irgendwelchen internationalen oder politisch plazierten Hilfsorganisationen, für jemanden, den ich kaum kannte, und der ganz offenkundig ander Ziele hatte als ich. Die Toleranz Toleranz ist nicht unbedingt die Freiheit der anderen, Toleranz ist Verständnis zu erwarten...

Aber in meinem Traum lachte er nur darüber. Er war nämlich schon tot, irgendwann in den Bombardierungen Nordafghanistans oder in Peshawar ums Leben gekommen.
Eigentlich ging es ihm ziemlich gut jetzt. In diesem pornografischen Paradies, das nur Männerwünschen zugänglich ist.

Die Freiheit, für die ich mich immer noch einsetzte, interessierte ihn schon lange nicht mehr.
Aber die Frage ist natürlich, ob man sich für die Freiheit des anderen einsetzt, man bewegt sich in seiner eigenen, man wuselt, man macht sich Schweissausbrüche, ohne Sinn und Ziel...für jemanden.

Das schmale Etui öffnet sich nicht von allein.
Noch spielt sich die Musik von Enrico Marcias von allein.
Selbst die Einführung in den Koran liest sich nicht von allein.

Der Versuch des Esels.

Prozess
Der Chorführer der einhundertundachtundreissig Angeklagten.

Der Chorführer der einhundertund-
achtundreissig Angeklagten

Die Verteidiger haben das Gericht verlassen.
Der Gerichtssaal, ursprünglich eine Sporthalle,
nun, durch Barrikaden, Grenzposten, Körperscanner,
meterlangenlangen Untersuchungstischen
umgewandelt in eine – von weitem zu erkennende und – zu meidende
Hochsicherheitszone.

Doch die Verteidiger haben den Gerichtssaal verlassen.
Aus Protest gegen die absurden Bedingungen, unter denen der
Prozess geführt wird.
Schon dem Zuschauer, der, als wäre er ein karthagischer Konsul oder
Abgesandter, von dem nichts als der leere Blick, gesichtsschalentief
und steif ins Rund gerichtet, blieb, der
könnte sich denken, dass da draussen, vor den niedrigen Stufen,
den nichtkapitolhaft ansteigenden Rollstuhlbarrieren und aufgereiht
an Treppengeländern - den Sporttaschenträgern
sich nun die schwarzen Roben drängen:

Berge von Papier.
Akten, die in einem Gerichtssaal warten, frühmorgens, als hätten
lautlose Gerichtsdiener sie im frühen Morgengrauen, lange vor So-
nennaufgang auf Wägelchen, auf Lastzüge brauner metallischer
Wägelchen gepackt, geparkt und in das PANTHEON
Eines improvisierten Gerichtssaales gefahren.
Hellgraues Licht fiel durch die Decke, das Oberlichter einer kreisrun-
den Pantheon-Öffnung, die einer Sarkophagartigen Kathedrale glich
In die nun langsam die Angeklagten stolpern.
Ein Angeklagter nach dem anderen

Von oben gesehen durch das Rund

das taubenauge

Ziehen schlangengleich die Diener die Wägelchen, die Akten, die Angeklagten, die Polizisten, die Schreiber in den Raum

Sans public.

Hittisten am Anfang. Hittisten am End. Reihen sich stumm an der Wand auf.

Aus dem Taubenrund

*Ein Fetzen Papier wie ein Konfetti
gleitet
einer amerikanischen Kermesse
einem amerikanischen Wahlkampf
entflogen
durch den dämmrigen Raum.*

Auch der Pfarrer verschwand aus meinem Blickfeld.
Zuviel Verhältnis und zu viele Gerüchte... abscheulicher Lebenswandel
Meinen Freunden wurde das suspekt.
Der Pfarrer suspendiert, nicht übernommen, von einer Pfarrerei abgewählt hinausgewählt und vermutlich, in purer bösartiger Logik, aus aus einem Beerdigungsinstitut geflogen. Sah er die Chance, die darin lag, vielleicht auch nicht.

ER würde die Hierarchie von hinten aufrollen, hatte er gesagt. Wenn die Kirche nicht willens war, der von ihr herangezogenen Führungsmannschaft auch die passenden Ämter zu verschaffen wenn ein Vikar

von einer Hilfpfarrei zur nächsten hoppen muss
ohne auch nur die leiseste Chance, dauerhaft in den Dienst genommen übernommen zu werden,
dann bleiben eben nur noch juristische Mittel.
Öffentlichkeitswirksame.
ER werde, sagte er.... aber ich konnte nicht mehr ans Telephon gehen. Seine Nachrichten blieben unbeantwortet.

Die Mätresse des Herrn, der sich zu einem diplomatischen Botendienst, zu einem Vermittler oder einem Hilfsmittel innerhalb der kirchlichen Hierarchie geeignet hätte, hatte
andere, quälendere Sorgen in jenen Tagen.
Ein klerikaler Reigen
liebender Verpflichtungen verknotete.

Das Beiwort – die Frau als schmückendes Beiwort.

Hing heulend am Telephon. Nicht weil sie sich als Seelsorgerin verausgabt hat. Sondern weil sie einen schlechten Traum, ein unangenehmes Gefühl der Eifersucht quält am Montagmorgen. Und sie lieber am Montagmorgen die neue Christenwoche mit Kontrollanrufen beginnt.

In der deutschen Kleinstadt.
Beginnt eine SCHREIBMASCHICHE zu rattern; Altgeworden
das Bild, verbraucht wie die sich grau verbiegende Zigarette

Das Telephon und die schleppende verheulte Frauenstimme
Die vorgibt, sich verwählt zu haben
Die gleich darauf lauernd nochmals anruft, drängelicher im Ton,
lauernder, auf der Suche nach einer Möglichkeit, ein Gespräch zu
beginnend und gleichzeitig auf das erlösende „verzeihen Sie, ich

muss jetzt auflegen, ich verpasse meinen Zug" wartend – irgendetwas dieser Art, dass immer mit „verzeihn Sie" beginnt egal ob Flieger oder Taxi oder Zug, irgendein Satz der darauf deutet, die unerwünschte weibliche Person

Das schlechte Gewissen der Kirche zu bumsen – hätte einer der Achtundsechziger gesagt – gibt ein ganz besonderes Gefühl der Absolution – noch in der Schwebe der kaum genossenen Lust. Schlieslich habe ich Bocaccio gelesen, den Koran anegfangen und - aber Zugfahrpläne studiert und Bücher zum vergleichenden Recht. Aber 1997 gabs davon noch nicht soviel, amerikanisches vorallem... Comparative law, comparative legislation ...

Die Stimme, die Sylvester 2000 auf meinen AB in der Pariser Wohnung sprach
Wollte mir ein Fröhliches Neues Jahr wünschen, verpasste ich.
Der israelische Kameramann nebenan, in der Küche sprach lauter.

Strassensperren.
Ein Clap, hinter dem ein wildbewegtes Bild im Herbst, Transparente / Plakate, sonnenlose Strasse Sonnenuntergangsstimmung roter Schriftzüge
die schreiend ohne grau zu sein, faltig hängen. Ein Bettlakentransparenthintergrund. Hellbedeckter Himmel ohne Licht. Wasserwerfer. Grau-grünes Ungetüm, dessen massive Gischt, noch ohne Wucht, sich lauernd nach vorne schiebt. Tropfen scheinen wie nach dem Gewitter in die Sonne zu blinzeln.
Wasser ohne Pfützen das sich dicht an dicht in Polizeigruppen schiebt, Fotoshooting ohne Gewitterblitze. Bilderlogik wie in Polizeireportagen.

Der Chorführer steht vorne (wie an der Kamera mit Windzerzaustem Haar).
Der Chorführer versucht einen poetischen Einstieg über den Fememord und den Fall des Esels

Der Esel
(Beschreibung des Esels), der hinten im Cortège mitgeführt wird, als George DubbleJu Attrappe

Man stelle sich vor: (Sagt er)
Von einem Esel stammten wir ab.

Der Vater, im Unabhängigkeitskrieg hoch dekoriert – ein Esel.
In den Gulags gefoltert – ein Esel.

Mais un père ultraviolent et alcoolique
Après la torture après je ne l'ai pas connu avant, alors je ne peux pas dire si un jour quand il faisiat la cour à ma maman si à une certaine époqie revolue
Il eait normalement gentil
après
Impatient, nerveux et cholérique
Avec ses dents de paysan - un âne
Avec sa résistance mythique – un âne
Ses décorations militaires ses .... des crottes d'âne
Et son silence sur la tribune une longue braillerie
Suivie, interrompue des longs et respectueux applaudissments de la foule acclamatrice

"Stellt euch vor!"-
                               Der Redner hebt den Arm hinter dem Zeigefinger.
Dieser wandert in den Zoom der Kamera:
"Stellt euch vor " *– und nun spricht er arabisch*

(dem Erzähler ist unversehens Abou Halid untergekommen oder ...
Ramdan Tarik –
Und das Bild verwischt sich, unpräzise)

Lessingparagraphierungen könnten einem Europäer
helfen, zu verstehen, was mit dem Fall des esels, der nun laut zu brüllen beginnt, gemeint ist.....
Der Verzicht auf Rechtsansprüche und - ach was, Lessingparagraphierungen
als ob ein Esel
wir könnten also sagen, wir stammten vielmehr von einem ESEL ab und ein Esel hat keinen Rechtsanspruch

Der Chorleiter erzählt
Vom Bürgermeister, eine Art Peppone des Laizismus, engagiert und bereit, Angelegenheiten eines Dorfes auch mit ungeraden Mitteln nachzuhelfen
Diffamatorischen Protokollen einer Gemeindeversammlung, die, solange sie von der schweigenden Mehrheit absegnet, denen sie Schaden zufügen sollen, auch Schaden zufügen.

Manchen neuerfundenen Duchgangsperren, die nur eine Nacht gelten, bis sie ihren Zweck erfüllt haben, den Neustrukturierungen aufgegebenen Landes
Und wer gibt freiwillig sein Land auf? Die in die Wüste gezogenen, die ins Ausland, die in Strafbarkeit und das Anonymat verzogenen ....

Notre père - UNSER Vater wäre ein Esel gewesen... Und tränenlos nüchtern, denkt der einsame Zuschauer im Saal, dnekt nicht an Konsuln, nicht an Alkoholiker, noch an die Vaterlandsväter, an Unabhängigkeitsheroen
an die Väter der Heroen...
Die Zweitausgabe des Märtyrers, ind er Hosentasche.....
Glossar angeben...... Buch und Referenzen. Islamische Rechtsauslegung, verfasst von London United Press Übersetzt und eingeleitet von Presse universitare
Der Fall des ESELS

Tiefflieger.
Reporter, die ins Mikro sagen, es wird aber keine Bundeswehr eingesetzt.
Jemand fordert, die Bundesregierung, das Innenministerium zu verklagen, sozusagen Demogewäsch
Der Kaffeauschank, die Polizisten, die sich die Beine vertreten zwischen Absperrungen und Passkontrollen, an irgendwelchen strategisch wichtigen Durchgängen zwischen Bahnübergang und Feldweg, zwischen Strassenbahnhaltestelle und dem üblichen Papierkorb/ Abfalltrennungspunkt mit 3 Klappen.

Einspruch Vom Polizisten, der daneben steht, vorallem neben der Kamera (Von einem Passanten, vom Strassencomedian).

Die Photoleiche
    Imam
    Getöteter Zivilisten in Usa London
Madrid Riad
Die existentiell-juristische Unschärfe einer Photographie. (sagt der Chorführer)

Der Kongress
Und die Bauarbeiter
Unterschied von Bauarbeitern und Hittisten
ist ein Metamorphose-plot oder metaphernkonglomerat. Die Literatur besteht nicht aus Metaphern. Zwar selbst ein Element der Literatur - wirkt eine überzählige Metapher toxisch, Metaphernmetastasen verderben dasProdukt, enstellen bis zur Unkenntlichkeit ihre Ideen. Unentwirrbar dem Verständis eines Leser.

Agrandissement
Eine amerikanische Stichwahl, begleitet von tagelangem Auszählen und auszählen und Auszählen. 2000 (riesige Wahlkampfmaschinen dahinter)
verdeckt beplakatiert die Reihe der Hittisten, deren einzige Aufgabe es ist, die Wand zu stützen.
Bauarbeiter, die ausgeschlossen wurden
Wie in 1995
Als die Bilder vom Kongress von der Wahlkampfmaschine
Und die Bauarbeiter

*Muslimischen Flugzeugbelader, die nicht mehr auf den Flughäfen
arbeiten dürfen. Denen Sicherheitsbadges entzogen wurden
Sich aufs Papier setzten.*
Die Stille stundenlang vor drei Blätter
Thesenhaft beschriebenen Papier. Seiten fallen. Blättern ab.

Szenenbeschreibung Stille
*Kein Raum nur Papier, Papier im Raum, der aber als Raum nicht
sichtbar*
*Raum sozusagen auf die schwarzweisse Dimension von Papier einge-
schrumpft und darin enthalten mit Licht von der sanften Strahlung
weisser Blätter*
Stimt natürlich nicht ist
*RAUM und ganz normales Schreibmaschinenpapier in unzähligen
Variationen beschrieben,*
hier: als Zeitung bedruckt.

Szenenwechsel.
Küche und Windelgeruch.
*Eine Boalsche Anverwandte, ebenfalls konsultiert, soll Dramaturgen-
hilfe leisten, soll Theaterratschläge geben, angenervt von Kinderge-
schrei, von dem fehlenden Kindergeschrei - um genauer zu sein, das
ihr ermöglicht hätte, schneller und leichter das sujet der
Unterhaltung zu wechseln.*
Rückblick Prozess
Als wäre es nur Kassandras Aufgabe, von einem
*Gigantischen Bombenattentat während eines Wahlkampfmeetings
zu sprechen*
*Oder als ginge es darum von einem DEMOKRATISCHEN UM-
SCHWUNG in einem Krieg zu sprechen Von dessen Vorabbeginn
schon lange schriftlich diskutiert wurde, von allen faccetten durch-
leuchtet, in vielen Seiten betrachtet und dabei*
auf nichts traf, als das Nichtinteresse allerorten.

Aber wir sind im Jahr 1995
And I am talking about this thing every year since

Bild des Bauarbeiters in einer italienischen Kantine. Mit hochge-
zogenen Schultern. Stehend aber, als hätte man ihm die Ohren
langgezogen, lacht und dreht sich herum, bleibt der Körper lang/
der Rückenbau aber der eines Buckligen –
(nun muss man nicht erwarten, dass Heroen einer anderen Dimension
die Statur eines Terminators besitzen oder auch nur die schmale Sil-
houette aufrecht wie von selbst in s Linienförmige gezogene eines .....)
stellt er das, was man CHROM nennen muss,
den blankgekratzten STAHL ein Bier. Ein Glas Bier.
Tageszeit Frühmorgends in Bologne,
7Uhr dreissig achtuhrdreissig neunuhrdreissig.

Beschreibung der Tageszeit Abends
Spätabends zwischen 22H und 23 Uhr
In einem Restaurant
Flackern neben der Toilettentür: Von oben blinkt
der Musikkanalsender mit den ewiggleichen Tanzvideos.
Doch das Szenario des Tanzes ist garnicht zu verstehen. Auf eine
Gangsta-rap Entführung Stuntautoexplosionsszenen
zieht die deutsche Polizei Absperrungsstreifen (rot weiss) um einen
Baum herum.
Schräg gegenüber im leeren Saal wird ein Paar platziert. Es ist ein
luftiger, fast zitronengelbkühler
Hinterraum. Am Nebentisch. Sitzt eine Frau alleine, vor ihr der Ober,
der ihr das Glas Wein ausredet, ausreden will, auf ihr Insistieren
(um Aufsehen zu vermeiden, ihr zu vermeidendes Randalieren) hin,
bringt er ein Glas Wein, das nach Erbrochem schmeckt –

*Und räumt es auf ihr Befremden hin, stillschweigend wieder ab,
dafür kommt kein neues Glas Wein.
Die Frau trinkt nichts, sie HAT auch nicht zu trinken.*

*Ein Schluck chlorverseuchtes Wasser aus einem französischen Wasserhahn perlt über das Glas.
Die Spiritualität eines Glas Wassers erinnert
an die verlorengegangene Kultur römischer Thermen
in einem Küchenprospekt.
Der stehengebliebene Videoclip des indischen Entführers erstarrt als*

*Der Ober das Essen serviert.
Videostill des Einschenkens. Das Bild schräg und eine schäbige Metapher In einer westeuropäischen Küche
Einer Kakerlaken verseuchten Restaurantküche.*

*Bedient den verlorenen Traum, das dahindämmern
Einer geschiedenen Moslem, die – nach ihrer Scheidung – still ein Glas
Wein trinkt. Romimitierende Wandekoration mit Marmorsäulen als
trompeoeil in einem gelb gestrichenen Restaurantsaal.
Überlagerung in die Bildebenene des DERRICK
((Von der Strasse aus gesehen: ein von blauem Licht erhellter Raum,
in dem "Derrick" läuft, die triefaugen als Totales Gesamtkunstwerk)
Ort. Wohnzimmer. Nordafrikanisch.
Das KULTUREXPORTAT "Derrick" in arabischer Sprache und
dessen verständnissinnigen Blickes.
Die Kühle der Bourgeoisie
Textvorlage Tatortadaption.
Tages-Zeit Beschreibung abends, in einem Pseudo- irischem PUB, in
einer der Nebenstrasse der Champs Elyssée, in dem CNN überträgt
aus dem Kongress /
ein pakistanisches Restaurant in der Rue du Faubourg Saint Denis
Das Zappen als Geschichten"kreation" – ein neuer Tatsachenroman
im Kopf des Zuschauers
Ein französisches Wahlkampfmeeting als Plakat und als stummes
Video.*

Nachtbeschreibung eines Gerichts.
Jemand geht durch die Flure, die grossen Treppen hinauf, geht durch den Salle de pas perdus.
Nachts - Bartleby, eines Schreibers Stift
aufgeschreckt von nächtlichen Geräusche in all dem Marmor, selbst der Saal der pas perdus, der Saal all der verlorenen Schritte hallt und vibriert unmerklich.

Le ciel / Sternennacht.
Die Sternennacht die wie ein Banner
Im Flüchtigen nächtlichen Hinsehen, dem die Sterne in die Schielende Dunkelheit sich verzogen
Die Sternennacht bläht sich sich wie ein blauer Pantheon über dem Fossil des verlorenen Glaubens.

Eine Nichtbetrunkene Frau geht nachdenklich durch die Stassen des 10.Arrondissements.
Nächtlicherweis durch die Strassen Schlendern
erinnert sie sich im durch die Strassengehen, sie träumt oder sie hält wirklich jemanden im Arm ...nebensächlich, einer der sie, den sie abschleppt
In den Strassen von Bologna
Die Strassen von Bologna. 2.Januar oder 6.Januar minus 10 Grad. Durch hohe Gallerias schlendernd
Den hohen Portalen gekrönt vonWeihnachtskugeln, den geschlossenen Patisserien
Den ...
Den ....
Und ebenso nächtlich wandert ziellos, der junge Mann, wandert sein Herumlungern, der kein Geld mehr hat.
Ein Glockenschlag ertönt um 5 Uhr morgens, dem einzelnen ein betrunkenwirrer Wink. Dem Vereinzelten ein struppiger Hund.
Keine Menschenseele, sozusagen, auf den Gassen. Dunkelheit ohne

Währung, Nacht ohne Geld, kein dämmriger Tauschhandel, kein Hotel kein morgendlicher Sonnenstrahl.
Und das Rendez - Vous erst um zehn Uhr.
Fünf Stunden lang wandern sie allein durch reifbeschlagene Morgendämmerung in einen sündenbeladenen Tag.

Gerichtssaal leer - nachts - ab zwei uhr morgens der salle der pas perdus der verlorenen Schritte
Im Gebäude-Inneren ist das Fasten erst beendet
wenn man einen weissen von einem schwarzen Faden unterscheiden kann. Die Unterscheidung verläuft über die im heller werdenden Tageslicht verblassenen Neonröhren der Strassenflutlichter.
Die Schaufensterbeleuchtungen, eine Schaufensterbeleuchtung, sie dreht sich um, aus dem Arm heraus, der ihr fest um die Schultern gelegt, zumindest träumt sie das gehend,
noch einmal um zum Schaufenster einer Photographen, der – um auf seine Passphotoproduktion hinzuweisen - eine erbärmliche Neonröhre in die Scheibe gehängt hatte
(alt, alt, wird lachend sie sagen und einen snap machen). Sie zittert oder zitiert, sagt dann aber, wie ging das nochmal, du sollst .... wenn Einer weisser Faden von eine schwarzen Faden nicht zu unterscheiden ist, das Fasten unterbrechen ? oder beginnen ? Abbrechen oder Beginnen... thats the question.

Unter dem breiten Strassenschild einer Autobahnausfahrt nähert sich die Gehende, der Gehende erreicht langsam den Platz auf dem grüppchenweise Demonstranten campen, ihre Manifeste auf den Boden gelegt, gestapelt an Laternen. Banderolen warten auf das Mogrnlicht.

Der Chorführer steht frühmorgens zwischen den Campern Biwakern den in Schlafsäcken auf dem Trottoir zusammengerollten Demonstranten auf der Strasse. Sauber proper, das Morgengebet hat er Zuhause verrichtet.

Auf der anderen Strassenseite, einem mondänen Café, der Lounge eines gut situierten Hotels

Im Private public / BAR space
Der Richter. Neben ihm ein International Law advisor
Von den Journalisten, die sich weiter hinten an der Büstreje Balustrade
stehend, für den langen Tag aufwärmen, dreht sich ein Rücken im
eleganten Jackett um, die leere Tasse absetzend, sinniert, bläulich
im Glas sich spiegelnd:

Warum ist der Sinn der Kreidezeichnung auf der Strasse dem Araber
fremd ?

Unweit von ihm schwallt, sitzend noch, dann
stehend, zahlend, sich in seinen Trencoat einwickelnd versenkt das
Portemonnaie, Ja doch, sagt er, Lass michs kurz zuende führen, eine
alte Anekdote zum Besten gibt, Inspektor Colombo nicht unähnlich.
Der PENSIONIERTE Journalist, nun um eine erzwungene Neut-
ralität leichter, trommelt abschliessend auf das Bistrotischchen mit
den Frühstücksrestchen eines continental breakfast
Das sind Schlagzeilen, nicht, Herrschaften. Man sollte MAHNWA-
CHEN vor der nächsten Moschee aufstellen. ... War das als ein Witz
gemeint. Und was wird ein arabischer Rechtsgelehrter davon halten?
Bevor er sich nun definitiv hinforthebt, um sich in die Schlange der-
jenigen einzureihen, die für den Einlass gescant werden: am Gericht.

Vor ihm (gross im Frühlicht wie die Statue über de Janeiro) doch
bescheiden wie ein schwerarbeitender Mann, der sich beugt, bückt,
kleiner wird in den Augen der hochschreckenden Tauben.
Die Moral des Chorführers (selbst in Aparté nicht eindeutig). Ocker-
farben im bläulichen Licht.
Eine Art erlaubter Rechtskniff. – Legitime Unentschiedenheit.

.Die Verwirrung der Unschuld im Stand der Religion.
Im Licht der Religion., sagt der Chorführer und erzählt dann. Im
Licht der Religion, sagt er nun deutlicher, erscheint uns wer unschuldig
ist und was als unschuldig zu gelten habe.... doch nur...

Hier wischt er sich mit Bauershänden kurz über sein müdes Gesicht.
Die Nacht auf der Strasse begann nicht mit einer Tasse Cappuccino
an einem chromgestählten Thekenrund.
Der Chorführer erzählt die Geschichte von der unrein gemachten
Milch:
Es gingen.... Nasreddhine und ..... Moustapha auf den Markt. Dort
gab es viele schöne Dinge zu kaufen. Kurkuma und Datteln und
....Essig. Oliven und ....Nägel. Wer aber kein Geld hatte, war......
"Nehmen aber kannst du nicht, was dir nicht gehört."
sagte der eine zu Moustapha.
Der aber sagte zu Nasreddhine: "Kaufen kannst du nicht ..."
Und so begannen Nasreddhine und Moustapha eine Streit mit den
Gendarmen die gekommen waren und ihnen den Weg verstellten.
" So lasse eine Fliege hineinfallen." sagte Nasreddhine.

Der Morgen begann, zusammengekauert mit einem kleinen verboge-
nen Wasserkocher und einer kleinen Gasbouteille. Das sind, sagte er
mühsam, während die jungen Studenten um ihn herum nicht recht
zuhören. Das sind alte Rechtsgeschichten, wisst ihr, damals herrsch-
ten strenge Vorschriften zur, na du weisst schon, Nahrungsmittel...
Warenqualität. Hier ein nimmt er einen kleinen Schluck von der
heissen Brühe, die er selbst bereitet hat. Tut gut, nicht?
Ein Schäfer, ein alter verschmitzter Kleindienstanbieter hätte nicht
bessere Tipps zum Frühstücken auf frühmorgendlicher Strasse. Und
wenn was unrein war, konnt mans nicht verkaufen. Was also ge-
schickter für einen Dieb, der erwischt wurde?..Na, Er sagt... Na,
was wohl...? Du hast zugehört, mein Junge....

Der Chorführer als alter gardien in der rue Saint Denis, den Herz-
infarkt hinter sich gelassen, der – es lohnt sich kaum – nicht mehr
in sein Land zurückkehren kann, nur um dort zu sterben, oder dort
gestorben zu sein. Kann man auch

La Marseillaise

Wandert langsam durch die Strassen, ein abgemagerter Schatten. Das Echo der Stimme, der laute Hinterhofruf nur im Ohr Rückblende flüchtige Assoziation einer Figur, nicht mehr lebensecht nur ein alter Mann ohne Familie. Familienanhang. (Die Frau ist dort mit einem andern zusammen, der auch nicht viel mehr Geld mitbringt und die Kinder haben schon genug zu tun).

Hintergrund
Was ist eine « erlaubte » Lüge, wenn einer stiehlt, einen Diebstahl begangen hat und nun vor dem Richter steht -
Auf der sechsspurigen Strasse Kreidezeichnungen
Die Gegen-Gegendemonstranten, die Blumen niederlegen für die Terroropfer

Eine junge Frau (verschleiert und bonbonfarben
mit einem eleganten Kopftuch) studiert Plakate, Hundertschaften im Profil der steigenden Sonne wie im Handbuch der Medienwissenschaften) banal.

553 N 1,15 Der Agronom streichelt den Separator.
554 Ti 0,46 Die Butterherstellung
555 N 1,12 Wie 553. Der Agronom streichelt den
         Separatorkelch.
556 N 1,35 Marfa hebt den Eimer und giesst Milch in den
         Separator.
557 HN 1,17 Der Agronom hilft Marfa und dreht dann die Kurbel.
558 N 1,38 Er dreht die Kurbel

570 D 0,25 Zwei Auslaufrohre des Separators (auf K.zu)
571   G 0,31 Wie 523 Eine skeptisch blickende Bâuerin
572   G29 Ein Blick des grauhaarigen Bauern
573 G0,47 Wie 523. Eine Bâuerin schaut ironisch über die Schulter
574 TI 0,47 BETRUG
a.   oder GELD

575 N 0,42 wie 527 Bauernblicke
576 Ti 0,32 BETRUG? (sehr gross)
577 G 0,35 leicht von unten: Finsterer Blick
d es geschorenen Sohnes der Alten

hier verändert sich Text und Textprogramm
Textstücke wiederholen sich fortlaufend umgesetzt und umgeklebt
wider Willen gebe ichs jetzt so in die Druckerei

Eisenstein home-cinema...Anleitung für eine Massenszene. Schreiben
ist wie Filmemachen. professionell muss es sein, den Wiedererkennung-
wert steigern, Marktstrategien
bedienen, auch ein gutgemachter Enthauptungsfilmbedient her-
kömmliche Filmtechniken. Das wundert niemand.
Kunst ist nicht wie Beten, Kunst ist nicht experimentell, Kunst wird
verkauft. Religion und Schwarze Kopftücher stehen irgendwie in
Zusammenhang... all das könnte in des Mädchens Notizbuch stehen,
Skizzen für einen Blog über die Moslem von heute.. Asketisch und
leidenschaftlich zugleich.. aber sie zeigt nichts nach Aussen. Sie weiss
schon, dass sie für ein anderes Licht arbeitet, eine andere Gedanken-
welt, andere Formen der Verdunkelung.

Rückblick zum Porträt des Jungen Mannes, der sich im Bistro, dem
italienischen rechtfertigt
La Melancholie und die Euphorie -
Die lachende Rechtfertigung eines jungen Mannes, irgendwo in den
Wolken einer Angetrunkenheit.

Die junge verschleierte Frau verschwindet hinter Glastüren, nimmt
die Rolltreppen nach oben in eines der grossen Büros, in denen sie
arbeitet. Verschliesst ein Panorama-Glasfenster.

Der alte Mann, der am Abend vorher noch in der Moschee hinter
dem Bahnhof von jungen Männer am Beten gehindert wurde, dann
feststellte, dass sie mehr auf der Suche nach Unterschlupf und Un-

terkunft brauchen, als Unterweisung und Unterricht.
Steht nun auch auf der Strasse. Unsicher auf der Suche nach Mitgliedern seiner Gemeinde.
Der alte Mann, der nichts sagt, als er Behelmte sieht
Nicht zur Polizei geht, warum auch

Gerichtssaal.
Im Halbleeren.

Einwand vom Vorsitzenden des Gerichtes.
Es sei das gute Recht eines Angeklagten, auf keine der ihm hier gestellten Fragen zu antworten. Es sei sogar das gute Recht des Angeklagten, auf keine einzige der 30 oder 80 ihm gestellten Fragen zu antworten. Allerdings, sagt der Richter,
allerdings würden ihm gerade diese Fragen deutlich vor Augen führen worum es in seinem Fall genau geht.

Angeklagter N° 37:
Es ist das Gericht das sich nicht an die Prozessregeln hält!

Richter gibt zu Protokoll:
Kein Wunder, dass der Angeklagte nicht zu folgen vermag.

Es kommt zu einem tumultartigen Zwischenfall.
Mehrere Angeklagte setzten sich hin und wollen beten (sie knien nicht noch verbeugen sie sich zur Erde, sie wollen nur sitzen und einen Gebetsersatz verrichten).
Es sieht nach begrenzter Provokation aus, so dem Murmeln im Saal zu entnehmen.

Richter (unterbricht die Verhandlung), nicht ohne eine gekränkte

Anmerkung hinterher zuschicken:
Sich des moralischen Terrors als der wirksamsten Waffe zu bedienen.

Draussen folgen Ausführungen eines Rechtsgelehrten, linkerhand
zu einer Kamera gewandt: Die Unterscheidung von terroristischem
Recht / Freisler Recht und politischer Rechtsbühne.
Einem dem Unterschied in existentieller Hinsicht verpflichtetem
Rechtsdenken unvereinbare Gleichsetzung.

Zeitsprung. 20 Minuten später. Im Gerichtssaal.
Angeklagter Nummer 57, der werweisswas plädiert:
Mal schuldig, mal unschuldig –

Während auf den Fernsehkanälen seine von ihm abgewiesenen Anwälte händeringend auf die Konsequenzen seiner Manöver hinweisen.
Bemüht sich der Angeklagte,
die Gesten eines Anwaltes überzeugend nachzutun.
Die Rhetorik von Ansprache an den Richter, der verweis auf Paragraphen ist ihm fremd genug. Zwar hatte er in seiner Zelle Zeit genug,
eine Anklage zu erheben gegen diesen jenen europäischen Staat, gegen
diese oder jene Bombardierung von...
Doch sind ihm jetzt die Worte fremd, die Regeln schwanken.
Es bleibt ihm das Spiel mit den Ärmeln des Mantels.

Prospektus. Strasse draussen
DER STREIK DER ANWALTSCHAFT / du barreau complet
Im massenprozess 1995

Auszug aus dem Gericht
Die berühmten Interviews auf den Stufen vor dem Justizpalast.

Erklärungen, den Streik betreffend, werden von den noch im Saal,
im Verfahren verbliebenen Verteidigern abgegeben, denenzufolge

*der Streik einem Paradoxon gehorcht - dass das Fernbleiben der
Verteidigung dem AGON eines demokratischen Rechts förderlich ist.*

*Die Absperrungen
Hier ist no pasaran*

*In einem Nebenraum des Gerichts
Traum In die Zukunft hineinprojizeiert/ der Richter im Ruhestand*

*Der Richter :
Le théâtre ne dit pas le vrai/ la tragédie n'invente pas.*

Le faux témoinage.

*Die Absperrungen. An denen der LESER nicht vorbeikommen wird.
Hier ist no pasaran
Die Absperrungen an der*

Neben ihm ein Journalist, aufgestützt, nachdenklich lässig, als handelte es sich um eine Manifestation auf der Strasse in Hongkong gegen ein autoritäres Regime

Recht als Analogia
Rechtsschreibung als Parallelle
Ortsbeschreibungen, gestaffelt

Wie bei CNN
Das Rednerpult, die Mikrophon, der Wind
Der Sprecher, der langen Schrittes aus dem Gerichtsgebäude kommt, am Pult aufstellt, sich konzentriert dann in die Runde blickt und den Urteilsspruch verliest : ....
gerade hat der Prozess begonnen, schon wartet alles auf die letzte, die alles abschliessende Episode:

Den Urteilsspruch.
Nicht wegen Mordes wegen hinterhältigen tausendfachen grausamen Mordes, sondern wegen Mitgliedschaft in einer terroristischen Gemeinschaft.
Am Bildschrim erscheinen bereits probehalber die Einblendungen der Kommentatoren, graphischen Animationen des dreigeteilten Bildschirms (dem auf dem Niveau des gesetzgebenden Aktes die Simplizität eines normalen Strafprozesses entspricht, unterschieden
von der Komplexität eines « politischen » Prozesses.

Langsam sammeln sich die Kameraleute, tröpfeln aus der Kantine aufd en grünen Rasen;, die Gerichtsumzäunung, wandern langsam auf der Aschenbahn ein.
Zwischen die Grüppchen schieben sich hin und wieder die dunkeln Wagen, die Prozessbeteiligte zum Verhandlungsort bringen.

Erstes Statement des Staatsanwaltes, der zu einen der berühmten Anwälte gesellt, als teilten sie eine grosse Freundschaft. Comme si ils

partagaient ...une grande AMITIé .... pour ...
Sagt – im Vorbeigehen - etwas Vernichtendes über einen dieser Stümperprozesse
Face aux « urgences » d'Outreau vor Fernsehkameras

Der Weg, den der Staatsanwalt, der in diesem Moment vor dem Gericht eintrifft, von nun an jeden Morgen nehmen wird, hat von grösstmöglicher Transparenz zu sein.
Ein smarter, hypermediatisierter Typ, obwohl er nichts weniger ist als das, denn im Gegensatz zu den vielen anwesenden Journalisten, die auf schnelle Worte aus sind, mit denen sich zum nächsten Wortstatisten springen lässt, wägt er gerne jedes Wort, selbst sein Nachdenken scheint nicht ostentativ in die Kamera gerichtet, als konstituierte sich im Auge der Kamera – auf dem Montageschirm, im Fernseher oder Laptop des Betrachters sein institutionelles Ich, sondern er wägt jedes Wort, als habe es eine existentielle Bedeutung für den Angeklagten, deren er sich mehr bewusst ist, als die Angeklagten selber:
und während er die Schwere prüft, die Schneide

Wer im Glashaus sitzt, soll nicht mit Steinen werfen....
...
Der Begleitschutz ... die Überwachungskameras vor dem Haus ...
Das Glashaus weithin sichtbar als Penthouse ... in einem ansonsten sehr puritanischen um nicht zu sagen leeren, spiessigen Umgebungsfeld (man könnte an luxuriöse Industrieanlagen denken, gäbe es das) nicht an ein Areal mit Fabriken aber THINK TANKS .....
Der Staatsanwalt, der SICHTLICH die allzu vertraulichen Umgang und lockere Bekanntschaften meidet, um nicht Anlass zu falschen Interpretationen zu geben, steht, so könnte man sagen, morgens vor aller Welt auf.

Doch im Gemenge, das sich vor der Gerichtshalle ballt, in dem ungefähren Trubel einer StadtinderStadt.
Im kleinstädtischen Rahmen des weiträumig abgesperrten Areals diskutiert der Staatsanwalt in atheistisch zu nennender Weise mit einem

Kollegen, der alsStaatsanwalt nach Afghanistan geschickt wurde, ein Ankageexport sozusagen,und der jetzt von der SELBSTSICHERHEIT erzählt, die er nicht gewonnen ahbe, sondern mitgeholfen aufzurichten: rechtssicherheit als unerschütterliches Gut in einem fremden Land, in einem fremden Rechtssystem, das erst lernen muss, international anerkannte Rechtsgrundsätze anzuwenden...

Dies muss gleichwohl erstmal vertreten werden, den Eingeborenen / Einwohnern in ihre Sprache übersetzt werden ...
Bis dann das UNO-Mandat wieder beendet ist ... Oder schon viel früher eine Belegung verlegt...
Die ersten Morgen, von der Patrouille ins Büro gebracht ...
Und nun zu versuchen, einen funktionierenden ...
Nach UNSEREN Masstäben gleichwohl funktionierenden RECHTSAPPARAT auf die Beine zu stellen.

Wie die Sarajewo Aushilfsstaatsanwälte ... für Richter ist das immer noch was anderes
Als Richter werden dann besser Einheimische genommen ...
Die Auswahlkriterium .... für einheimische fremstämmige Richter ... kann man im Internet finden, in den amerikanischen Vorgaben Unter Berücksichtigung des komparativen Rechts .....

Von wegen ... da gibt's einen Sachverständigen, der gesagt hat, er hätte das studiert , das wars dann ....

DIE ZEIT

Das Problem der Zeit.
Die Zeit und das Nichtzuhören, Nichtverstehen.
Die Zeitzeit und Ortsprünge als Reaktivierung einer Rechtsvorstellung.

(ungeordnete Zwischennotizen)

Ein iranischer, ein turkmenischer Staatsanwalt, der Zur Nachhilfeschulung herangezogen wird. Die Konstruktion, durchaus im baumeisterlichen, architektoralen Sinn
Der Neubau eines islamischen Gerichts nach amerikanischen Massstäben.

Nachdem sich nun alle aus dem Saal herausbegeben, die lange Schlange der Hittisten sich langsam von der Wand ablöste, Schlangengleich die Wagen ihren Weg antraten
Taucht wie aus Trümmern, wie aus Schutt und Asche, aus Katakomben, der Richter auf.

Der Richter, der sich unbelastet aussprechen muss.
In der Unschuld seiner Begabung.

Die zweifelhafte Kontinuität des Rechts
Der qualitative Sprung von einem Rechtsdenken in ein anderes

Auf der Strasse verlieren sich die Grüppchen. Ein starker Kern an Demonstranten, Wasserwerfern bleibt sich gegenüber im Gleichgewicht. Auf der Strasse verlieren sich die deformierten Füsse / Silhouetten eines rauchigen Traums / eines von Dampf Eis und Stahl

vernebelten Bahnhofs.
Bevor er aber seine Zweifel ausspricht, und in der Weite der Bahnhofshalle in einem unscheinbaren Bistro verschwindet
schaltet der Journalist seinen Laptop ab.
Inwiefern gehört zum Recht definitive Verzweiflung?
Die Rechtfertigung eines Juristen, der an einer Staatsgewalt mitwirkte, der die « Extralegitimität der Gesetze" betonte, kann dieser - so gesehen - unscharf formuliert - es rechtfertigen, allgemeine Terrorgrundsätze entwickelt zu haben. Ermöglichte diese Tatsache, befähigte sie ihn, über den Terror als Zwangsgrund im Gesetz ..
Der Journalist vor dem leeren, schwarzen Bildschirm schweigt. Er versucht zu ergründen, warum der Informant XY ihm wichtigtuerisch vorkommt. Unlogisch. Er verschwendete keine Zeit damit.

Man könnte, man muss, sagt er, so einen Staatsanwalt auch in seiner Zeit sehen. Man sollte die Strafverfolgung nicht überbewerten.
Es ist nicht jeder Staatsanwalt ein Fritz Bauer, nicht jeder Richter ein Carl Schmitt oder ein Freisler.
Es ist unklug,
vom einem Prozess auf einen früheren zu schliessen.
Von einem Massenprozess auf einen Prozess-Vorgänger.
Prozessgeschichte, das ist hier nicht Eichmann, nicht Globke, das interessiert uns alles nicht.
Die Aufgabe eines Journalisten zum Beispiel ist es nicht anzuklagen, das verstehen - verstünden viele falsch.
Informationen zu liefern, Hintergrundinformationen zu geben und Vorfälle anschaulich zu schildern, das ist etwas ganz anderes.
Es gäbe eine gewisse Konkordanz zwischen beiden Berufen, dergestalt der Journalist oft genug des Rechts und des Rechtsbeistandes, bref: eines Rechtskundigen bedürfe,
aber ein Journalist ist eben nicht der, welcher eine strafrechtliche Verfolgung anstrebt.
Ganz gewiss nicht. Die Strassenfluchten, tiefer, höher, die wie Schatten gleich in der Bläue des TagesNachtgleichen Himmels hinter ihm in der Flucht der Kamera anwachsen.
Der Marathon Man

eine kleine Falte ‚Schliere, die über den Mundwinkel wandert, flimmert in der kleinen Überwachungstvbox des glänzend lackierten ZDF ARDAljazeeraBBCCNNTF1Übertragungssendungsliferwagens vor dem Gerichtsgebäude so what

Sagt der Journalist, Lass uns was essen gehen.
Das dauert drinnen noch n bisschen, bis die Verhandlung wieder beginnt.

Bereits erschienen:

Paludismus, Berlin
Text zu einer Videoinstallation

Pinède – Die Kiefern,
Theaterstück, französisch-deutsch
Illustrationen von Günther Bratsch

Rudolf Dualla Manga Bell Exekution-
Romanfragment .

Das 6.Semesterprotokoll
Dr. Wolfgang Ritzel und das Oberseminar
„Über das Wesen der Sprache" von Martin Heidegger
im Sommersemester 1939
Mit Briefen und Aufzeichnungen.

In Vorbereitung:

The mouve of the golden leaf
Hermann und Albert Ritzel.
Das Lumen naturale bei Röntgen und Ernest Rutherford.

Die Kriegsmaschine.